最佳
新思维
儿童文学读本

带电话号码的猫 [适读年龄: 9-12岁]

杜霞 文嘉 徐豪　主编

济南出版社

图书在版编目（ＣＩＰ）数据

带电话号码的猫／杜霞，文嘉，徐豪主编.
—济南：济南出版社，2014.4
（最佳新思维儿童文学读本）
ISBN 978－7－5488－1241－8

Ⅰ.①带… Ⅱ.①杜… ②文… ③徐… Ⅲ.①儿
童故事—作品集—世界 Ⅳ.①I18

中国版本图书馆 CIP 数据核字（2014）第 072579 号

最佳新思维儿童文学读本
带电话号码的猫

丛书策划	郭 锐	
责任编辑	郭 锐	
装帧设计	方 鑫	
封面绘画	红 岩	
内文插图	赵德杰 崔韵文	
出版发行	济南出版社	
地　　址	山东省济南市二环南路 1 号（250002）	
电　　话	（0531）86131730　　86131735	
网　　址	www.jnpub.com	
经　　销	各地新华书店	
印　　刷	山东省东营市新华印刷厂	
版　　次	2014 年 6 月第 1 版	
印　　次	2014 年 6 月第 1 次印刷	
开　　本	635×960 毫米　1/16	
印　　张	13	
字　　数	129 千字	
定　　价	25.00 元	

法律维权　0531－82600329
（济南版图书，如有印装错误，可随时调换）

让阅读启迪思维

杜　霞

创造了《第56号教室的奇迹》的"全美最佳教师"雷夫，曾这样阐述阅读的重要价值和作用："我要我的学生爱上阅读。阅读不是一门科目，它是生活的基石，是所有和世界接轨的人们乐此不疲的一项活动。如果要让孩子在长大后成为与众不同的人——能考虑他人观点、心胸开阔、拥有和他人讨论伟大想法的能力——那么，阅读是一个必要的基础。"

阅读，是生活的基石，更是思想成长、思维发展的动力和源泉。"问渠那得清如许？为有源头活水来。"心灵的澄明、思想的清新、思维的活跃，都需要时时补充新知，都需要不断从书籍中汲取智慧和力量。

叶圣陶先生曾说："语文课的主要任务是训练思维，训练语言。"高中语文新课标对写作的明确要求是"在表达实践中发展形象思维和逻辑思维，发展创造性思维"，正式将"发展思维"确定为课程评价的维度和全面提高学生语文素养的标准。而思维品质的提升，无疑需要我们及早抓起，需要我们有意识地在语言的训练中引入"思维的体操"，引导孩子通过拓展阅读视野，融汇旧学新知，克服思维定式，开放思维空间，循序渐进地培养思维的灵活性和创造性。

　　"读书破万卷，下笔如有神。"阅读带来思维的提升，而思维的提升则会激发创作的欲望和热情，促进语言表达能力的提高。阅读，是语言素材的积累，也是语言规律的习得。关于阅读与写作的关系，学者张中行先生曾有过精辟的论述：其一，"多读，熟了，笔未着纸，可用的多种表达方式早已蜂拥而至，你自然可以随手拈来，不费思索就顺理成章"；其二，"进一步，多读，熟悉各种表达方式，领会不同笔调的短长轻重，融会贯通，还可以推陈出新，把意思表达得更圆通，更生动"；其三，"吸收思想，包括各种知识"；其四，学"思路"，即有条理，"既有内容可写，又熟悉如何表达，作文的困难自然就没有了"。所以，要真正解决小学阶段普遍存在的作文难、怕作文的问题，我们还是需要抓住根本，从阅读积累和思维拓展入手，激发写作的内部驱力，在广博的阅读中寻找到新的写作生长点。

因此，我们推出这套《最佳新思维儿童文学读本》，不是一味追求技巧、求新求怪，而是力图冲破长久以来语文教学的僵化和保守，关注语文教育的真实需求，让孩子们通过阅读这些文质兼美的文字，与文本展开丰富的对话与交流，在不断的积累和借鉴中，拓宽视域、激活想象，进而提升思维品质，促进表达能力和写作能力的提高。无论是故事和寓言中传达的经验和智慧，还是童话里展示的奇幻之旅；无论是散文中的"小中见大，平中见奇"，还是小说里的"意料之外，情理之中"……都力求通过创设情境，从不同的层面和维度培养孩子们的形象思维、辩证思维、发散思维、逆向思维等，使阅读的过程也成为一个思维训练的过程，在与优秀文字的不断亲和中，激发创造性思维，奠定人生成功的基石。

如果真的有天堂，那么一定是图书馆的模样——这不仅仅是大作家博尔赫斯的美好心愿，更是所有爱读书的人的共同看法。阅读好的图书，就是一次次与神性和美丽相遇的过程。让这些有魔力的文字，冲破我们的思维定式，点燃灵感的火花，放飞想象的翅膀。让思想在阅读中日渐深厚，让精神在阅读中渐趋丰美，让生命在阅读中绽放最绚烂的花朵！

4

2013 年 10 月于北师大

目录

别出心裁　异想天开

3　巴塞洛米的五百顶帽子 ／ ［美国］索斯博士 著　乔长森等 译

20　世界是怎样开始的 ／ ［印度］安纳德 著　文嘉 译

24　吞了北极星的小猪 ／ ［法国］格里巴里 著　宋雪梅 译

40　明天是猪日 ／ ［日本］矢玉四郎 著　彭懿 译

爱是个永远不老的精灵

53　九个里面挑哪个呢 ／ ［匈牙利］约卡伊·莫尔 著　熊凯 译

63　牛女 ／ ［日本］小川未明 著　李佩　刘子敬 译

65　爬上树的孩子 ／ ［日本］小川未明 著　李佩　刘子敬 译

72　重　逢 ／ ［苏联］康斯坦丁·梅罕利 著

76　圣诞节礼物 ／ ［美国］赛珍珠 著　毛荣贵 译

人性深处的秘密

85　品尝布丁的人 ／ [美国]莫里斯 著　金易 译

88　您不信任我 ／ [俄罗斯]格·戈林 著

91　红蜡烛和人鱼姑娘 ／ [日本]小川未明 著　周禅仑 译

100　白马 ／ [日本]小川未明 著　李佩　刘子敬 译

2

给生命一个支点

107　一碗清汤荞麦面 ／ [日本]栗良平 著　文明 译

118　一颗豆粒 ／ [日本]铃木健二 著　亦萍 译

121　难忘的零分 ／ [美国]克劳德·斯宾博克 著　江明 译

123　最好的礼物 ／ [美国]艾尔伯·豪斯 著

124　欣赏你的孩子 ／ 佚名 著

故事怪味豆

129　海乌姆的雪 ／ [美国]辛格 著　王世跃 译

133　酒鬼和他的老婆 ／ [法国]拉封丹 著　张曼玲 译

135　一张恼人的火车票 ／ [德国]拉里夫·维内尔 著　颜志侠 译

139　黑信 ／ [捷克]哈谢克 著　水宁尼 译

那些原来如此的故事

145　黑豆变鲸鱼 / ［美国］索斯博士 著　寇珊　殷静宇 译

151　独来独往的猫 / ［英国］吉卜林 著　曹明伦 译

164　红鹤的袜子 / ［乌拉圭］基罗加 著　孟复 译

170　玫瑰花为什么带刺 / ［智利］米斯特拉尔 著　江山 译

我们的动物朋友

177　给鸭子让路 / ［美国］罗伯特·麦克洛斯基 著　柯倩华 译

181　带电话号码的猫 / ［美国］弗雷德·斯帕克斯 著　文嘉 译

184　獾鼻 / ［俄罗斯］康·巴乌斯托夫斯基 著

188　麻雀拉代 / ［加拿大］汤普森·西顿 著　戴天鸣 译

191　我的蜥蜴朋友 / 王世跃 编译

别出心裁　异想天开

给你们的孩子一点儿
人类的眼睛从未见过的美吧，
给你们的孩子以
推开天堂之门的力量。
——[芬兰] 伊迪特·索德格朗
《别积聚黄金和宝石》北岛译

巴塞洛米的五百顶帽子

[美国] 索斯博士 著 乔长森等 译

　　巴塞洛米起先并没有五百顶帽子。他只有一顶帽子，是他祖父传下来的一顶旧帽子，它也许是整个迪德国里最老最平常的一顶帽子。但是巴塞洛米非常喜欢它——尤其是因为帽子上有一根一直高翘着的羽毛。

　　迪德国的国王名字叫德尔温，他的王宫高高地耸立在山顶上。从他宫殿的阳台上，他可以看到他所有臣民的房子——近处是贵族们那带着尖顶的城堡，接着是富人的宽大宅第，然后是城里人的房屋，远处的田野边是农夫们的小屋。

　　展现在国王德尔温面前的景色宏伟壮观，因此他感到自己也不可一世、非常了不起。

　　在远处田野里一丛酸果藤蔓的旁边，有一间小小的屋子，那就是卡宾斯的家。从他的家门口，巴塞洛米·卡宾斯可以一直看到国王那高耸入云的王宫。这景色壮丽极了，但它使得巴塞洛米·卡宾斯感到自己非常渺小。

　　一个星期六的早晨，太阳刚刚从地平线上升起，巴塞洛米就动身到城里去了。他感到非常快乐。微风吹动着他帽子上的羽毛，发出令人愉快的声音。他右手提了一篮子酸果到市场上去卖。他急于把它们卖了，然后把钱拿回家给他的父母。

他走得越来越快，很快来到了城门前。

这时天空中传来了银号角的声音，马蹄踩在鹅卵石上发出嗒嗒的声响。

"快让路！快让路！国王驾到！"

所有的人都朝大道的两旁闪去，他们把小车一直推到了路边石旁。巴塞洛米紧紧地抓住他的篮子挤在人群之中。

街道拐角处，五十个喇叭手骑在披着黄缎子的马背上冲了过来，跟在他们后面的是骑在披着红缎子的马背上的国王的卫队。国王那辆白色、金色和紫色交相辉映的马车发出雷鸣般的隆隆声，从狭窄的街道上飞驰而来。

它刚从巴塞洛米的身旁经过，突然嘎地发出一声尖叫，向前冲了一下，然后完全停了下来。整个队伍也随之停止不前了。

巴塞洛米简直不敢相信眼前的一切。国王透过马车的窗子正望着自己呢！巴塞洛米开始浑身颤抖起来。

"往后退！"国王命令马车夫说。

马车夫对拉车的马吆喝着，国王的卫兵们对他们骑的马吆喝着，喇叭手也对他们骑的马吆喝着。整个队伍慢慢地退了回去，直到国王的马车正好停在巴塞洛米的面前。

国王从他的马车里探出头，眼睛直盯着巴塞洛米·卡宾斯的脸。

巴塞洛米吓得直打哆嗦。"我应该说点什么。"他对

别出心裁 异想天开

5

自己说，但是他想不起该说些什么。

"怎么？"国王问，"你在你的国王面前不脱帽子？"

"脱的，陛下。"巴塞洛米回答说，他感到宽慰了许多，"在我的国王面前我会脱帽的。"

"那么现在马上把它脱下来。"国王提高了嗓门命令说。

"但是陛下，我的帽子已经脱掉了。"巴塞洛米回答说。

"如此无礼！"国王大声说道，他气得手都发抖了，"你竟敢站在那儿对我说你的帽子已经脱掉了！"

"我不愿说你错了，陛下，"巴塞洛米非常有礼貌地说，"但是你看，我的帽子是已经脱了。"说完他让国王看了看他手中的帽子。

"如果你手里拿的是你的帽子，那么你头上戴的是什么？"

"我头上？"巴塞洛米喘着气问。他感到头上好像是有一样东西。他用手一摸，竟又摸到了一顶帽子！

巴塞洛米·卡宾斯的脸涨得通红。"是一顶帽子，陛下。"他结结巴巴地说，"但这不可能是我的，一定是后面哪个人放在我头上的。"

"我可不管它是怎么戴上去的，"国王说，"你得把它脱下来。"国王说完坐回他的马车里。

巴塞洛米很快地摘下了帽子，他吃惊地瞧着它。这顶帽子和他自己的那顶一模一样——同样的尺寸，同样的颜色，而且也有一根同样的羽毛。

"我的天！"国王又从马车里探出头来大声吼道，"我没有命令你脱下帽子吗？"

"是的陛下……我把它脱了……我把它脱下了两次。"

"胡说八道！你头上还有一顶帽子。"

"还有一顶帽子？"巴塞洛米又伸手抓到了一顶帽子。

"喂，究竟是怎么回事？"国王责问说。他的脸气得发紫了。

"我不知道呀，陛下。"巴塞洛米回答说，"这种事以前我从来没碰上过。"

国王恼怒得浑身发抖，使得马车也摇晃起来，马车夫几乎要从他的座位上掉下来了。"把这个无礼的家伙抓起来！"国王对他的卫队长大喊道，"我们来教教他如何脱帽。"

马车夫甩了一个响鞭，国王的马车摇晃着沿着街道向宫殿驶去。国王的卫队长从马上俯下身子，一把抓住了巴塞洛米的衬衫，他手中的那篮酸果也飞到了空中，然后落到了鹅卵石铺成的街道上，蹦跳了几下后滚进了阴沟。

卫队长两腿一夹，带着巴塞洛米沿着弯弯曲曲的街道朝王宫飞驰而去。他们离开了狭窄的街道后，径直朝山上赶去。巴塞洛米紧紧地贴在卫队长宽阔的背上，他们飞快地向前奔驰着。

奔跑啊奔跑啊，他们跑过了富商的美丽花园。他们越爬越高，又跑过了贵族城堡的高墙……

呼的一声，巴塞洛米的帽子被耳边吹过的疾风吹走了。"呼，呼，"又有两顶帽子吹走了。"呼，呼，呼……"又有三顶帽子被吹掉。

"四、五、六、七……"巴塞洛米不断地数着，但是帽子飞走的速度也越来越快。勋爵们和他们的夫人从塔楼的窗户里看到了一连串的帽子随风飞舞的奇怪景象，他们都惊愕地呆视着，连一句话也说不出来。

他们从王宫的吊桥上飞驰而过，然后又穿过了大门，来到了宫廷里。卫队长勒住了马。

"陛下等在觐（jìn）见室里。"一个卫兵向卫队长敬了一个礼说。

"觐见室！"卫队长把巴塞洛米扔到地上，"我可不喜欢处在你这种境遇里。"他叹着气摇摇头说。

巴塞洛米曾一度感到非常恐惧。但是他心里想道："国王不会严厉地惩罚我，因为我实在没有干过什么错事，感到害怕就成了一个胆小鬼。"想到这儿，巴塞洛米挺起胸，走进了王宫。

"沿着黑色地毯走。"门口的卫兵说。巴塞洛米在那长长的过道里走着，他听到笨重的大门后面有人在低声说话。

"他不愿意脱帽吗？"

"是的，他不愿意脱掉他的帽子。"

巴塞洛米一直朝前走着，最后他来到了觐见室的正中央。国王身穿一件猩红色的长袍坐在他的宝座上。站在他旁边的是国王的首席法官阿拉里克爵士。他的皮带上挂着的不是一把剑，而是一把长长的银尺子。宫廷里的其他人都静静地肃立在两旁。

国王威严地朝下望着巴塞洛米。"年轻人，我再给你一次机会，你愿为你的国王脱下你的帽子吗？"

"陛下，"巴塞洛米尽量有礼貌地说，"我愿意——但是恐怕这没有什么用处。"他摘下了他的帽子，但是另一顶帽子又戴在了巴塞洛米的头上。他脱下了一顶又一顶帽子，最后他站在一大堆帽子的中间。

宫廷里的贵族绅士们一个个惊讶得目瞪口呆，一句话也说不出来。这种事从前在觐见室里从买没有发生过。

　　"天哪，"首席法官阿拉里克爵士说，他的眼睛在他那副三角眼镜后面不停地眨着，"他脱下了四十五顶帽子！"

　　"在城里还有三顶。"国王说。

　　"你们还得加上八十七顶，那是在我们飞奔上山时被风吹落的。"巴塞洛米说。

　　"一百三十五顶帽子！这真是异乎寻常。"阿拉里克爵士说，他把这个数字写在一个长卷轴上。

　　"喂，"国王不耐烦地说，"阿拉里克爵士，你认为对这种胡闹该怎么办？"

　　"陛下，这是一种必须认真对待的胡闹。"阿拉里克爵士回答说，"我劝你去请一位帽子专家来。"

　　"好主意。"国王同意说，"喂，卫兵！把斯尼普斯爵士叫来，他是为贵族做帽子的专家。"

　　一个最最矮小的人走进了觐见室。他戴着一顶巴塞洛米见过的最最高的帽子。他就是那位斯尼普斯爵士。他腰里挂的不是一把剑，而是一把大剪刀。

　　"看看这孩子的帽子。"国王命令道。斯尼普斯爵士看了看巴塞洛米·卡宾斯的帽子，哼了一声，显出一副不屑一顾的样子。

　　然后他转向国王，毕恭毕敬地鞠了一个躬："陛下，我斯尼普斯爵士做过布帽子、金帽子、绸帽子、宝石帽子和鸵鸟毛帽子。你问我这顶帽子怎么样？哼，这是我见到过的最最普通的一顶帽子。"

　　"这样的话，"国王说，"你应该很容易把它摘下来。"

"确实容易，"斯尼普斯爵士轻蔑地说。他说着踮起脚尖，伸出一只圆胖的手把巴塞洛米头上的帽子扔到了地上，但是另一顶帽子又立即出现在巴塞洛米的头上。

"见鬼了！"斯尼普斯爵士尖叫一声，跳到了半空中。然后他转过身，叫喊着奔出了觐见室。

"我的天，"国王说，他脸上显露出一副迷惑不解的神情，"如果说斯尼普斯无法摘掉它，那么这一定不是一顶普普通通的帽子了。"

"一百三十六。"阿拉里克爵士迷惑地记下了这个数字，"陛下，我建议把你的智囊团的人请来。"

"好主意！"国王说，"喂，卫兵！给我把纳德叫来。纳德对我王国中的一切事都了如指掌。"

一个非常非常年老的人走了进来。他看了看巴塞洛米头上的帽子，又看了看地上的那堆帽子。

"纳德，我的智者，你能把那顶帽子摘下来吗？"国王问。

纳德严肃地摇了摇头，表示他无能为力。

"那么给我把纳德的父亲找来。"国王命令说，"他对我王国中的一切事以及世界上的一切事都了如指掌。"

这下进来的那个人比纳德更加年老，但是当他朝巴塞洛米的帽子看了一眼之后，他只是用手摸了摸他的胡子，一言不发。

"那么把纳德的祖父给我带来！"国王命令道，"他对我王国中的一切事、对世界上的一切事以及对宇宙中的一切事都了如指掌。"

不一会儿又进来了一个最最老态龙钟的人。但是他只是朝巴塞洛米瞥了一眼，就神情紧张地捻起了他的胡子。

"难道说，在我的整个王国里就没有一个人能把这个孩子的帽子摘下来吗？"国王用一种可怕的声音吼叫道。

一个细小的声音从阳台的窗子里传了进来："出了什么事，德尔温叔叔？"在巴塞洛米听起来，这很像是一个孩子的声音。

国王走到了阳台上，倚在大理石栏杆上。"这儿有一个男孩……和你的年龄差不多，"国王说，"他不愿把帽子脱下来。"

巴塞洛米在国王后面踮起脚尖朝下看去。那儿站着一个男孩，衣服的领子上镶着花边。他是一个非常骄傲的孩子，不把任何人放在眼里。他就是国王的外甥，名叫威尔弗雷德，还有着一个大公爵的头衔。

"你让他上这儿来。"威尔弗雷德大公爵说，"我来对付他。"

国王思考了一会儿，他把王冠朝脑后一推，抓了抓头皮："嗯……也许你能行。反正试一试也不碍事。"

"把他带到威尔弗雷德大公爵那儿去！"国王命令说。于是国王的两个卫兵把巴塞洛米带出了觐见室。

"呸！"威尔弗雷德大公爵轻蔑地说。他一看到巴塞洛米的帽子就讥笑起来。"这顶帽子摘不下来？你站在那儿。"他朝一个墙角指了指，"我正好需要练练我的弓箭。"

当巴塞洛米看到威尔弗雷德大公爵只有一把小孩子

玩的弓时，他一点也不感到害怕了。他自豪地说："我能用我父亲的大弓射箭。"

"我的弓用来射帽子已够大的了，尤其是射像你这样的帽子。"威尔弗雷德回答说。他话音未落，就放了一箭。嗖的一声，那支箭掠过巴塞洛米的前额，把他的帽子从头上射落下来。帽子从阳台的栏杆上飞了出去，但是另一顶帽子又马上出现在他的头上。嗖！嗖！嗖！大公爵的箭一支接着一支地向他射来，直到一箭囊的箭全部射完为止。但是巴塞洛米的头上仍然戴着一顶帽子。

"这不公平，这不公平！"大公爵大声嚷嚷着。他把他的弓扔在地上，用脚朝它猛踩。

"一百五十四顶帽子！"阿拉里克爵士惊愕地说。

"这些帽子使我发疯了！"国王的声音传出了王宫，"用小孩子的弓箭简直是浪费时间，把王国中最最威力无比的弓箭给我取来，把弓箭手中的大力士找来。"

"弓箭手中的大力士。"宫廷里的大臣和贵族们都应声喊道。

一个巨人穿过阳台大步来到国王的面前。他的弓像一根大树枝；他的箭是巴塞洛米的两倍长，比他的手臂还要粗。

"弓箭手中的大力士，"国王说，"把这个孩子头上的帽子射下来……并且使它不再留在那儿。"

巴塞洛米浑身剧烈地颤抖起来，他几乎连身体也站不直了。大力士拉开了他的大弓。

呼的一声，箭像一只发了疯的大黄蜂一样从空中掠过，直奔巴塞洛米·卡宾斯而来。呼！尖锐的箭头穿过了

他的帽子，带着它向前足足飞了半英里。

啪！箭把帽子牢牢地钉在了一棵榆树的正中央，然而巴塞洛米的头上又出现了一顶帽子。

大力士的脸一下子变白了，白得像王宫里的墙壁一样。"他有巫术！"大力士尖叫道。

"巫术，一点也不错。"国王叹了口气说，"我应该早就想到这一点。这样一来事情就简单得多了。回到觐见室去，把我的术士叫来！"

整间觐见室静得连每个人的喘气声都听得一清二楚，但是通向西南塔楼的旋转楼梯上传来了缓慢的脚步声。术士们正在走来，他们用一种又低又慢的声音在吟唱着一些奇怪的咒语。

最后七个身穿黑色长袍的术士来到了觐见室，他们每个人的身旁都跟着一只瘦小的黑猫。他们在巴塞洛米·卡宾斯的周围围成一圈，口中念念有词，发出一些神秘的声音。

"别来这种无用的咒语，"国王命令说，"我要你们念大咒把这个孩子的帽子驱赶掉。"

术士们蜷缩在巴塞洛米的身旁念了起来：

> 温基布斯，
> 廷基布斯，
> 福蒂奇，
> 克莱，
> 妖魔头上的帽子，
> 快快飞开！
> 众人高喊，把它赶开，
> 哄它走开，哄它走开！
> 黑猫叫喊，把它赶开，
> 哄它走开，哄它走开！
> 妖魔头上的帽子，
> 躲开，跑开，跳开，滚开，
> 永远不再回来！

"好极了，"国王显得非常高兴，"你们肯定这会起作用吗？"国王问。

术士们都一齐点了点头。

"但是，"国王迷惑不解地说，"他的头上似乎仍然有一顶帽子。什么时候咒文才会起作用？"

"请放心，陛下，不用害怕。"术士们低声吟唱道，"我们的咒文将在短短的十年之后起作用。"

"十年！"国王气喘吁吁地说，"滚开，傻瓜！"他大声喊道："到我看不见的地方去！我可等不了十年。啊，天哪，我该怎么办呢？我该怎么办呢？"

"假如我是国王，"威尔弗雷德大公爵低声说，"我就把他的头砍下来。"

"一个可怕的念头，"国王咬着他的嘴唇说，"但是恐怕我不得不这么干了。"

"年轻人，"他指着觐见室的一扇小门对巴塞洛米·卡宾斯说，"走到地牢里去，告诉那儿的刽子手把你的头砍下来。"

巴塞洛米听到这话，心全凉了。但是他不得不按照国王的命令去做。"我必须脱下我的帽子，"他在朝那地牢走去时自言自语地说，"这是我最后一次机会了。"他把一顶又一顶的帽子从头上摘了下来。"一百五十六，一百五十七，一百五十八……"

过道里变得越来越冷，越来越湿。"二百一十七，二百一十八，二百一十九……"他继续往下走啊，走啊。"二百三十一，二百三十二，二百三十三……"巴塞洛米觉得他已走到了大山的中心。

"谁在那儿？"黑暗中一个声音问道。

巴塞洛米转了一个弯，走进了地牢。

刽子手吹着口哨，悠闲地舞动着他的斧子，因为这时候他无事可干。尽管他是干这一行的，看起来他倒是一个讨人喜欢的人。

"国王说你必须把我的头砍下来。"巴塞洛米说。

"啊，我可不愿意。"刽子手说，他带着微笑友好地望着巴塞洛米，"你看上去是一个非常好的孩子。"

"可是……国王说你必须这样做，"巴塞洛米说，"所以请你干吧。"

"那好吧，"刽子手叹了口气说，"但是你得先把帽子脱下来。"

"为什么呢?"巴塞洛米问。

"我也不知道，"刽子手说，"但是这是一条规矩，我不杀戴帽子的人。"

"那好吧，"巴塞洛米说，"你帮我摘下来吧。"

刽子手隔着木墩子探过身，一伸手就把他的帽子摘了下来。

但是另一顶帽子很快又出现在巴塞洛米的头上。"这是怎么回事?"刽子手惊讶地问，他的眼睛在面罩的两个洞后面不停地眨着。他把这顶帽子又摘了下来，接着又摘了一顶，又摘了一顶。

"见鬼!"刽子手嘟囔着，把他的斧子也扔到了地上，"我无法砍你的头。"他说完和巴塞洛米握了握手，把他送回到国王那儿。

国王在他的宝座上打盹。"你回到这儿来干什么?"他对巴塞洛米说。他因为被吵醒了，非常生气。

"对不起，陛下，"巴塞洛米解释说，"我的头戴着帽子就不能砍下来……这是违反规矩的。"

"这倒是的。"国王说，他疲倦地把身体靠到了椅背上，"现在加起来一共有多少顶帽子了?"

"刽子手摘下了十三顶……我在去地牢的路上摘下了一百七十八顶。"巴塞洛米回答说。

"三百四十六顶帽子。"阿拉里克爵士嗬嗬地说。

"德尔温叔叔，"威尔弗雷德大公爵叫了起来，"我想我得干掉他。把他送上最高的塔楼，我亲自把他推下去。"

"威尔弗雷德，你的话真使我感到惊讶，"国王说，"但是我想这确实是个好主意。"

因此，国王和大公爵把巴塞洛米·卡宾斯带上了最高的塔楼。巴塞洛米跟在他们后面一步步地往上爬去。

这是我最后的一次机会。巴塞洛米思忖道。他想到这儿，伸手把头上的帽子又摘了下来。"三百四十七，"他摘下一顶又一顶，把一顶顶的帽子都扔到了他的身后，"三百九十八，三百九十九……"他不断地摘着帽子，两只手臂都摘得酸疼了，但是帽子仍然一顶又一顶地出现在他的头上。巴塞洛米继续朝上爬着。

"四百四十八，四百四十九，四百五一……"阿拉里克爵士跟在他的后面，气喘吁吁地数着。

突然，阿拉里克爵士停了下来。他看了一下，然后摘下他那副三角眼镜在衣袖上擦了擦，戴上之后又看了一会儿。他发现这些帽子开始变了！第四百五十一顶帽子上出现了两根羽毛而不是原先的一根！第四百五十二顶帽上有三根羽毛……第四百五十三顶帽子上也有三根羽毛，还有一块小小的红宝石！每一顶新帽子都比前面的帽子更加奇异。

"陛下！陛下！"阿拉里克爵士大声喊道，但是国王和大公爵已经走得很远了，他们无法听到他的喊声。他们来到了最高的塔楼的楼顶，巴塞洛米就在他们的身后。

"走到这儿来，爬上那堵墙。"威尔弗雷德大公爵急促地说，"我恨不得马上把你推下去。"

但是当巴塞洛米爬上那堵墙之后，他们都吃惊地张大了嘴。原来他戴着一顶在迪德王国中从未见到过的最最漂亮的帽子。帽子上的那颗红宝石比国王拥有的任何一颗宝石都大，帽子上还插着各种珍贵的羽毛，真是美妙绝伦。与这样的一顶帽子相比，连国王的王冠也变得微不足道了。

威尔弗雷德大公爵快速地朝前跨了一步。巴塞洛米以为他的末日终于来临了。

"等一等！"国王大声喊道。他的眼睛无法从这顶漂亮得惊人的帽子上移开。

"我不愿再等了，"大公爵跟国王顶嘴说，"我现在就把他推下去！这顶新帽子使我比任何时候都要狂怒。"他说着伸手就去推巴塞洛米。

但是国王的动作比威尔弗雷德还快，他一把抓住了威尔弗雷德的衣领。"让我来告诉你，"国王陛下严厉地说，"大公爵永远不能跟国王顶嘴。"接着他让威尔弗雷德大公爵跪下，在他的屁股上重重地打了几下。

"听我说，"国王笑着把巴塞洛米从城墙上抱下来，"如果你能把你那顶漂亮的帽子卖给我，那真是太好了！"

"四百九十八，四百九十九，"阿拉里克爵士那疲倦的声音传了过来。他刚刚爬上了塔楼的楼顶。"那顶……"他指着巴塞洛米头上的帽子说，"正好是第五百顶帽子！"

"第五百顶！"国王惊叫起来，"我出五百个金币，你愿意把它卖给我吗？"

"陛下，随您的便。"巴塞洛米回答说，"您知道的……

以前我从来没有卖掉过一顶。"

国王伸手去接那顶帽子时，高兴得手都颤抖了起来。

巴塞洛米感到那顶大帽子在慢慢地离开他的头。他屏息敛气，过了一会儿，他突然感到傍晚的习习凉风吹进了他的头发。

他的脸上露出了欢乐的笑容。巴塞洛米头上的帽子终于脱了下来！

"瞧，陛下！瞧！"他向国王高声喊道。

"不！你看看我。"国王回答说。他说着把那顶帽子戴到了他的王冠上。

国王和巴塞洛米手挽着手来到了王宫的账房，在那儿国王给了巴塞洛米五百枚金币，然后又送他回家。巴塞洛米这时不用再挎着篮子，戴着帽子，而是带着一只装有五百枚金币的口袋回了家。

国王命令手下的人搬来一只大水晶箱子放在他的宝座旁边，把他买下的那顶帽子以及其他的帽子都永远地保存在里面。

但是无论是巴塞洛米·卡宾斯，还是德尔温国王自己，或者迪德王国中的任何其他人都无法解释这件奇怪的事是如何发生的。他们都说是碰巧发生的，并且不可能再发生了。

别出心裁　异想天开

世界是怎样开始的

〔印度〕安纳德 著　文嘉 译

从前，波斯王国有一个力气很大的摔跤家。某一天，一个去过印度的人告诉他说，印度有一位摔跤家，力气比你还要大。

这个波斯摔跤家觉得灭了他的威风，立刻决定去向那个人挑战。他到市场上买了十万磅面粉，并把它装在一个袋子里，头顶着它就上路了。

黄昏时，他走到印度边界的一个湖边，觉得又渴又饿，就跪在湖边喝水，只一口便把湖水吸了个大半。他又倒出些面粉，用剩下的湖水拌了一点面糊来充饥。他吃饱后就睡着了。

有一只大象每天早晨都要到这湖里来喝水。第二天清晨，它来喝水的时候，发现湖里的水全干了。

"怎么办呢？"大象自言自语地说，"这周围一千里以内，是没有地方可以找得到水的……"

当它失望地走开时，发现一个人正舒舒服服地在湖边睡觉。它一看见摔跤家的大肚子，就知道这湖水一定是被他喝干的。

大象非常生气，跑过去猛踩摔跤家的头。

摔跤家只转了一下身，说："手劲太小了，你这样轻轻地抚摩，是不会把我的头疼治好的；你要按摩我的头的话，还要多使一点劲儿。"

大象看见自己并没有把他踩痛，就气呼呼地退后了几步。它心里想："我要给这畜生一个教训，我要把他吃了。"

这时，摔跤家站起身来准备上路了，他把大象拦腰一抱，包在毡毯里，掮在肩膀上，就往印度走去。

他只迈了几大步，就走到对手的土房前。他叫道："印度的摔跤家，出来吧，出来把我摔倒吧。"

印度摔跤家的妻子从窗子探出头来回答："他不在家，他到树林里拾柴火去啦。"

"好吧，我一会儿再来，请把我给他带来的礼物收下吧。"说罢，他从土房的墙外，把包着大象的毡包，扔到院子里去。

印度摔跤家的妻子叫喊起来："哎呀，妈妈，妈妈，您看，您儿子的对手把一只耗子扔到我们房子里来啦。"

印度摔跤家的母亲说："没关系，孩子，你别理他，等一会儿我儿子会教训他的，叫他客气一些。你就放一个耗子夹，把它夹住后我们把它扔了就完事了。"

波斯摔跤家把这些话都听在耳朵里，心里想："好嘛，在印度摔跤家老婆的眼里，这么大的一只大象竟看成了一只耗子，那么我在她丈夫眼里，该成了什么东西呢？"

尽管这样，他仍鼓起勇气到森林里去找他的对手。才走了几步，他就看见印度摔跤家，头上顶着有一千辆车重的柴火，迎面走过来。波斯摔跤家心里想："这人真是位值得一斗的对手。"

他大喊道："朋友，我听见你的大名，特意从波斯来和你比个高低，让我做你的牺牲品吧。"

印度摔跤家回答说："好得很，我一定要和你斗一场的。但是让我们到城里的露天剧场去，在观众面前斗吧，摔跤比赛，如果没有人喝彩，那还有什么意思呢?"

波斯摔跤家说："可是我忙着要赶回去，来吧，现在我们就在这里比过算了。你若是要观众的话，你看那边有个老太太走过来了，我去请她来吧。"说着他就喊："老妈妈! 老妈妈! 请你站住，看我们摔跤吧!"

老太太回答说："不行，孩子，不行，我女儿把我的骆驼偷走啦，我正跑去追她。如果你们愿意在我手掌上摔跤的话，我倒可以一边走着一边给你们当观众。"

这两个摔跤家就跳到老太太的右手掌上，在老太太翻山越岭的时候，摔起跤来。

老太太的女儿从老远就看见这两个强壮的摔跤家在老太太手掌上拼命地苦斗，起先她很害怕，以为他们是母亲带来抓她的兵士。等到她看出那不过是两个摔跤家的时候，她就把她母亲连这两个摔跤家都抓住了，把他们和她赶的一百六十只骆驼，都捆成一包，顶在头上，继续往前走去……

有一只骆驼饿了，把头伸到包袱外面叫喊。老太太的女儿就从地上拔起一两棵树，丢在它嘴里当草料。

这块土地上的农夫看到了，就大声喊叫起来："有贼，有贼，捉贼呀。"

老太太的女儿对农夫跟她这样捣乱不高兴，就把农夫和他的田地，连同牛、马、犁耙一起包在毡毯里，仍头顶着包袱往前跑。

不久，她跑到一个镇上，肚子饿了。她把一个饼铺连同那整个市镇都包了起来，然后继续赶路。

最后，她走到一块地上，那里长着一个大西瓜。她口渴了，就把大西瓜剖开，把里头的瓤吃了，然后她把包袱塞在西瓜皮里，枕在头底下睡着了。

在她睡着的时候，突然来了一场大洪水，把这个西瓜皮一直冲到海边上。上半个西瓜皮掉了下来，从西瓜皮里跑出来了老太太、两个摔跤家、大象、骆驼、树、农夫、牛、马、犁耙、做饼的人和许多别的物品。世界就是这样开始的。

吞了北极星的小猪

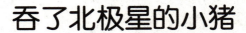

[法国] 格里巴里 著　宋雪梅 译

　　从前，有一个上帝妈妈和她的儿子小上帝。上帝妈妈坐在一个大扶手椅里，缝补着一双袜子。而小上帝呢，坐在一张大桌前，埋头做作业。

　　小上帝静静地完成作业后，问道：

　　"告诉我，妈妈，你允许我创造一个世界吗？"

　　上帝妈妈瞧瞧他：

　　"你做完作业了吗？"

　　"是的，妈妈。"

　　"功课弄懂了吗？"

　　"是的，妈妈。"

　　"好吧。这样的话，你可以去做。"

　　"谢谢，妈妈。"

　　小上帝用一张纸，几支彩色铅笔，开始创造世界。

　　首先，他创造出天空和大地。可苍穹和地球上一片空寂，大地处于一片混沌之中。

　　于是，小上帝创造出两大光明：太阳和月亮。他高叫道：

"让太阳做先生，月亮做太太吧。"

于是，太阳就做了先生，月亮做了太太。他们有一个小女儿，名字叫小晨光。

然后，小上帝又创造出大地上的植物、大海里的藻类，然后创造了那些在地上爬行、在水中浮游以及在空中翱翔的飞禽走兽。最后，他创造出人类——一种在大地上行走的最聪明的动物。

当他创造出这些以后，大地充满了生灵。可天空那边，却十分空旷。于是，小上帝拼命叫喊道：

"有谁愿意到天上来住？"

所有的生灵都听见了，只有一头咀嚼着橡栗的小猪例外。

因为小猪非常贪吃，所以当他吃饭时，就什么也听不见。

所有愿上天居住的生灵都响应着小上帝的呼唤而来：公羊、公牛和狮子；蝎子和螃蟹，人称巨蟹星座；山羊，人称摩羯星座；天鹅和鱼儿；两个半人半马的怪物，其中一个被称为人马星座；两头熊，一头大，一头小，以及两只狗，一只大，一只小；鲸鱼和野兔；老鹰和白鸽；龙、蛇、猞猁、长颈鹿；一个小姑娘，人称处女星座；一个猎手，人称猎户星座；几堆希腊字母；甚至还有什物，比如扫帚之类的东西。

这些生灵挤成一团，叫嚷着：

"我！我！我！我……我愿住天上！"

于是，小上帝就用一种叫作星星的银色大钉子，把他们一个又一个地钉在天穹上。虽然这样弄疼了他们，但是他们对能住在天上感到非常高兴，因为他们从未如此近地看到过天空。

一切就绪后，天上缀满生灵，星星闪烁着璀璨的光芒。

"这一切，太美了。"太阳说道，"可是，当我起床时，会把他们活生生地烤干！"

"对了，"小上帝说，"这个，我倒没有想到！"

他考虑了一分钟，然后说道：

"既然这样，那很简单：每天早上，小晨光比她父亲先起床，把天上的居民从钉子上取下。而每天晚上，当他入睡后，她再把他们挂回原位！"

事情就如此决定下来。这就是每天早上星星消失，夜晚又出现的原因。

所有的事——安排妥当，小上帝满意地看着他的世界。

"你知道吗？"上帝妈妈说道，"快到上床睡觉的时候了。明天，还要上学。"

"马上，妈妈。"小上帝说道。

他刚要起身，便听见一阵吵嚷声。原来，小猪气喘吁吁地跑来，声嘶力竭地叫喊道：

"那么，我呢？那么，我呢？"

"怎么，什么你呀？"小上帝问。

"为什么我不一样，没有住在天上？"

"为什么你不要求呢？"

"可是没人告诉我必须要求呀！"

"怎么，没人？"小上帝叫起来，"当我呼唤自愿者时，你没有听见？"

"对，我没听见。"

"你当时究竟在干什么？"

"我想，"小猪脸色绯红地说道，"我在吃橡栗……"

"那么，活该你倒霉！"小上帝说道，"如果你不这样贪吃，你就会听见。我的声音喊得够大啦！"

听到这儿，小猪假惺惺地哭着说：

"发发慈悲吧，小上帝先生！您就这样扔下我不管啦？给我找一个小小的地方吧！让其他人挤一挤……必要时，把我钉在上面吧！您可要出点力呀，求求您啦！"

"不可能！"小上帝说，"首先再也没有地方，你知道得很清楚。其他人也不能再挤得更紧了。其次，再也没有星星把你钉挂在天上。最后，我再也没空闲：妈妈已经叫了我很久啦！"

小上帝边说边从桌旁起身去睡觉。十分钟后，他躺在床上，进入了梦乡，完全忘记了他创造的世界。可小猪却在地上打着滚儿，呜咽着叫道：

"我要去天上！我要去天上！"

当他终于打完滚儿后，却发现自己孤零零一个人，于是，他躺在地上，把猪嘴放在前蹄子上，嘟嘟囔囔地抱怨：

"我就知道人们不爱我！没有人爱我！所有的人都仇恨我，甚至上帝也一样！他对我抱有偏见，他故意在我吃饭时叫唤，为的是不让我听见。他匆匆忙忙地填满天空，好让我来不及，不再有星星给我，这是什么意思？

别出心裁 异想天开

他不能再造一些，不能吗？我可要复仇，不能就这样罢休！啊，不再有星星给我，咱们走着瞧吧！"

他爬起来，碎步疾跑着去找小晨光。

小晨光刚刚起床，因为黑夜就要结束了。当小猪踏进房间时，她正好梳妆完毕。

"我可怜的小晨光，"他满脸沮丧的神色，"你多么不幸啊！"

"我，不幸？"

"是的，"小猪说，"你非常非常不幸，你的父母对你太苛刻！"

"苛刻，我的父母？这到底是怎么回事？"

"怎么回事？强迫一个像你这般年纪的孩子，天不亮就起床，摘下天上的钉子，还让你晚上熬更守夜地又把他们钉牢，这不苛刻吗？一想到这儿，我就要造反！"

"瞧瞧，"小晨光说，"你不必为这种芝麻小事造反！这项工作倒很有趣……我没有怨言……而且，这不是我父母的过错，这是小上帝的命令！"

"不要谈起小上帝。"小猪痛苦地说。

"哦，对不起！我惹你伤心了？"

"没什么，咱们别谈这个吧……我，你知道，我只要做一件事，那就是为你服务。如果你瞧不起我，不答应我，那么……"

"不，我没有瞧不起你！"小晨光抗议道，"准确地说，你想要什么？"

"我，我什么都不想，只是建议……"

"那么，你建议什么？"

小猪压低嗓门：

"好吧！如果你愿意，我今早和你一起上天，我帮你干活儿……"

"真的？"小晨光说，"如果只有这样才能让你快乐的话……"

"这不是为了我快活！"小猪高傲地说，"这是为了帮你，仅仅为了帮你！"

"好吧，同意。出发吧！"

小晨光放下梳子，拿起一个大口袋，把它搭在肩上，他们出发了。

一升上天，他们就开始工作。小猪拎着敞开的口袋，小晨光把星星一个又一个地扔进去。天上所有的居民，随着他们被松解，便重新坠落下来，在地上度过白天。

"这太妙了！"小晨光说，"我比平常要快一半。谢谢你，小猪！"

"没关系，没关系！"小猪一边说着，一边心中窃笑。

当小晨光往敞开的口袋里抛扔小熊的星星时，小猪便跳上那颗最漂亮的星星，它就是标示北方的北极星。他快速地逮牢它，像吃奶油巧克力圆糖一样把它吞下肚，奔逃而去。

"小猪，你在干什么？"小晨光大声叫喊。

可是，小猪却装聋作哑，他飞快地甩迈着四只蹄子，返回地面，瞬间便消失了。

怎么办？小晨光本应去追赶，但无论如何，她必须摘完天上的星星，因为东方天边处已经渐渐泛白。她继续干活，直到干完之后，才出发去寻找北极星。

从凌晨到正午，她走遍了亚洲，但是没人见过小猪。从正午到下午四点，她走遍了非洲，但是小猪没有露面。下午四点钟后，她走遍了欧洲。

狡猾的小猪，知道有人追捕，便躲藏在法国的一个城市里，它名叫——它叫什么名字呢？啊，对了，它叫巴黎。他走遍了巴黎，窜进一条街，名叫——到底叫什么呢？啊，对了，布罗卡街。在布罗卡街六十九号，他撞进一家敞着门的店铺，这是一家杂货酒吧，店主是——真该死，应该是谁？啊，对了，是萨伊德爸爸！

萨伊德爸爸不在家，萨伊德妈妈也不在，他俩都不在，不知何故。另外，娜迪亚姐姐，被穆费塔街的坏巫婆掠走，弟弟巴希尔动身去营救她了。结果，照看店铺的，只剩下两个小女儿：玛丽卡和娜茜达。

她们安安静静地待在家里。下午，一头小猪裹卷着一团风，冲进屋子。这头漂亮的小猪，肌肤紧绷，浑身散发出一种柔和的玫瑰色光亮（这是他的肚子里有星星的缘故）。小猪上气不接下气地恳求着她们：

"救救我！求求你们！救救我！"

"可救你什么呀？"玛丽卡问。

"从一个小姑娘手里，从小晨光手里，她在追赶我！她想杀死我，想吃掉我！"

"不可能！"娜茜达叫道。

"可能！可能！她从早上就一直在追我！如果你们不把我藏起来，她就会吃掉我！"

小猪挤出大滴大滴的眼泪。

两个女孩面面相觑。

"可怜的牲畜。"玛丽卡说。

"必须想想法子。"娜茜达说。

"把他藏在地窖里怎样?"玛丽卡建议。

"这是一个好主意。"

她们把小猪放进地窖,刚要关上活动木板时,被小猪拦住了:

"以后,如果有人问起我,就说你们没有见过我。明白吗?"

"明白。"玛丽卡说。

"啊,我又忘了,小晨光肯定要给你们讲个荒唐的故事,说我吃了一颗星星……这简直可笑极了!显而易见,小猪不会吃星星的。我希望你们不要相信她……"

"当然不会!"娜茜达说。

"还有一句话,不要把我的事告诉你们的父母,这样要好些……父母,你们知道,非常愚蠢,那些家伙不懂得生活……"

"说定了。"小姑娘们异口同声。

她们再次关上活动门板,然后,互相对视。

"为什么他不想我们把这件事告诉父母?"玛丽卡疑惑地嘟囔着,"这真可疑!"

"为什么他在阴暗处会那样发光呢?'娜茜达问,"在地窖里,当他跟我们讲话时,你注意到了吗?他就像一盏配有玫瑰红灯罩的灯!"

玛丽卡仔细起来,她思考着:"这个星星的故事,可能是真的,总之……"

"可这样的话,我们把他藏起来就错了?"娜茜达焦

别出心裁 异想天开

急地打断道。

"算了，"玛丽卡说，"应该早一点想到！现在，我们接受了他，就不再有权背叛他啦！"

下午快五点时，小晨光来到店铺。

"小姐们，你们好！你们看见过一头小猪吗？"

"全身通红，闪闪发光的吗？"玛丽卡问。

"正是他！"

"不，我们没有看见！"

"这样的话，我很抱歉。"小晨光说，"再见，小姐们！"

她走出门后，过了五分钟，又返回来："对不起，小姐们，对于小猪……如果你们没有见过，怎么会知道他全身发光呢？"

"这是因为他吃了一颗星星。"娜茜达说。

"正是如此。你没有见过他？"

"没有，没有！"

"啊，好吧……"

小晨光第二次走出门。她刚一出去，便紧锁眉头，然后，又重新返回店铺：

"对不起，小姐们，还是我……你们当真肯定没有见过这头小猪？"

"哦，是的，百分之百肯定，绝对肯定！"玛丽卡和娜茜达异口同声地说，两张脸蛋儿涨得像两朵红牡丹。

小晨光用猜疑的目光看着她们。但是，因为没有证据，她不敢再刨根问底，便拔脚离去。这次，她是真正地走了。

晚上六点钟，萨伊德爸爸和妈妈回家了。他们向小姑娘问道：

"今天，什么也没有发生过吧？"

"不，"她们说，"娜迪亚被可恶的巫婆抢走了。"

"啊？后来呢？"

"后来巴希尔出发去营救她了。"

"啊？好极了！再也没有什么了吧？"

"对，再没有什么了……"

"棒极了，过来吃点心。"

几小时以后，白天结束了。小晨光走遍了世界，一无所获，而现在，已经是该把天上的居民又挂回原位的时候了。她拎着装满星星的口袋，呼唤着上天的动物，动手把他们挂好。至于小熊，她只能尽力把他挂在其他的星星上。当她正忙碌时，小熊拦住她：

"怎么啦？我的北极星呢？你忘了我的北极星！"

"嘘！"小晨光悄声说，"我想我把它弄丢了。可是你别告诉任何人。我向你发誓明晚之前我一定找到它……"

可是小熊不以为然，吼叫着：

"呜，我的北极星！呜，我要我的北极星！呜，小姑娘弄丢了我的北极星！"

他的吼声又大又响，月亮奔来了。

"怎么啦？发生了什么事？"

惭愧的小晨光，让母亲知道了真相。

"为什么你不早一点说呢？"

"我不敢，妈妈……我希望一个人找到它……"

"这样，还不算狡猾！现在，应该告诉你父亲，而你父亲一旦入睡，就不喜欢被人吵醒。"

小晨光屏住呼吸，在妈妈的帮助下干完活儿，接着便去叫醒父亲太阳。

那天晚上，月光皎洁。天上没有了北极星，在它的位置上，只留下了一个大大的黑洞。很多开往美洲的轮船，却在非洲或澳大利亚抵岸，因为它们迷失了方向。

"啊，这太危险了！"太阳一边用可怕的声音吼叫着，一边朝四面八方喷射出光芒，"有了这个小傻瓜，我究竟能为上天做些什么呢？我无法克制……"

"嗯，别生气了！"月亮不耐烦地说，"这样对你有什么好处？"

"对，"太阳说，"但是还是不能消气。"

随后，他转向小晨光问道："哦，究竟发生了什么事？把一切都告诉我。"

小晨光讲明了缘由。

"小猪，"他说，"肯定在萨伊德爸爸家。是小姑娘们把他藏了起来。快，叫人给我拿来黑大衣、黑帽子、黑披肩、黑面具和黑眼镜。我马上去那儿！"

太阳把黑大衣、黑帽子、黑披肩、黑面具和黑眼镜穿戴齐备。这身打扮，谁也不能猜出他是太阳。他降落到地上，径直走向萨伊德爸爸的家。

他一踏进店铺，萨伊德爸爸便问：

"先生，要点什么？"

"什么都不要。"太阳说，"我想跟您谈谈。"

听到这几句话，萨伊德爸爸以为他是一个代表。

"这样的话，"他说，"明天再来，为什么您总是这个时候来？您非常清楚我有顾客要招待。"

"我不是您认为的那个人。"太阳说，"我来寻找一头吃了北极星的小猪。"

"您说些什么呢？这里没有小猪！"

"而我，"太阳说，"我肯定他在这儿。是您的孩子们让他进屋的。"

萨伊德爸爸唤来正在看电视的四个孩子：

"这是怎么回事儿？你们看见过一头小猪吗，孩子们？"

"我，"娜迪亚说，"那天我不在家，我被巫婆抢走了。"

"我也不在，"巴希尔说，"我出发去救姐姐了。"

玛丽卡和娜茜达却一言不发，低垂着脑袋。萨伊德爸爸向她们问道：

"你们，怎么啦？你们见过一头小猪吗？"

"小猪？"玛丽卡用微弱的声音问。

"小猪？"娜茜达重复着。

萨伊德爸爸失去了耐心：

"对！一头小猪！当然不是一头河马！你们聋了吗？"

"你见过一头小猪吗，你？"玛丽卡问娜茜达。

"我？不！"娜茜达回答道，"那你呢，你见过吗，一头小猪？"

"不，我也没有，没有小猪……"

"对，"太阳说，"你们肯定吗？一头绿色小猪，被一个有一条木腿的老先生追赶过？"

"不对，"玛丽卡气愤地说，"他是玫瑰红的。"

"而且，"娜茜达憋足了劲儿说，"不是一个老先生在追他，是一个小姑娘，她没有木腿。"

她俩同时停止说话，互相对视，脸一直红到耳根，清楚自己背叛了别人。

"这就是证据！"太阳说。

"这是什么意思？"萨伊德爸爸说，"在我的家里藏着一头小猪，你们还没有把这事告诉过我，而且，企图撒谎？"

两个小姑娘开始哭起来：

"可这不是我们的错。"

"我们以为做了好事。"

"他那样请求我们。"

"他恳求我们。"

"他告诉我们说小姑娘想杀死他。"

"杀死后吃掉他。"

"谎话一大篇，"萨伊德爸爸喝叫道，"过来，我要揍你们的屁股！"

可这次，太阳拦住了他：

"不要打她们，萨伊德先生，我肯定她们讲的是真情，我了解这头小猪：他是一个非常狡猾的骗子，他完全能够告诉她们这些。"

随后，他转向小姑娘们，和蔼地问道：

"你们把他藏在哪儿了？"

"在地窖里。"玛丽卡低声道。

"您能把地窖指给我吗？"太阳问萨伊德爸爸。

"这……我不太喜欢。"萨伊德爸爸没有走下楼梯，而是伸出一只长长的、长长的胳膊，揪着小猪的一只耳朵，把他拎了出来，放在大理石柜台上。小猪挣扎着、扭动着、用尽全力叫喊：

"松开我！放开我！我想留在这儿！"

"你想留在哪里就留在哪里。"太阳说，"可我，我要星星。"

"星星？什么星星？我不知道星星，我从未见过星星。"

"骗子！"太阳说，"它就在你的肚里，我看见它正在发光！"

小猪瞧瞧肚皮，看见星星的光亮，便放弃了假装：

"好吧，把它拿回去吧，您的星星。"他说，"我不想要它，您的星星。这事一开头，我就从未想要过，我不是故意吃下它的。"

"不要狡辩了，"太阳说，"把它咳出来，假如你能行的话。" 小猪作出最大的努力，企图咳出星星，但是他没有成功。

"必须让他呕吐。"太阳说。

"我有一个主意。"萨伊德爸爸说。

他在一个大玻璃杯里，用咖啡、芥末、盐巴、石榴果汁、朗姆酒、茴香酒、白兰地和啤酒调配成一种混合饮料。小猪一股脑儿喝下它，变得面色苍白，开始哇哇地呕吐，仿佛肠子都要被吐出来似的——可是，星星没有出来。

凌晨三点钟时，有人去叫醒一位兽医，给小猪拿来一包马吃的泻药，希望他从另一头排泄出星星。四点至五点钟之间，小猪拉出一大堆——可是，始终没有星星。

当五点半敲响时，太阳大叫："算啦，我再也没有时间等待了！马上就该我起床了。我要采取果断的措施。萨伊德先生，您有刀吗？"

萨伊德爸爸也觉得时间太长，便取出一把切香蕉的大刀。

太阳握住它，不偏不倚，一下把它插进小猪的背部，划开一个长长的口子，然后从这条缝里伸进两根手指头，取出北极星，放进他的口袋里。小猪哭泣着，流下大滴大滴的眼泪，可他没有哼一声，虽然他枉费心机，白做了一个狡猾的骗子，但他毕竟还是一头勇敢的小猪。

"谢谢，萨伊德先生，"太阳说，"并为这个不眠之夜表示我十二分的歉意。现在，我必须离开了，因为小晨光已经开始取下天上的星星了。我真不知道怎样报答您的帮助……"

"我嘛，我明白。"萨伊德爸爸说，"请永远放射出强烈的光芒，让人们口渴，让我的生意兴隆……"

"好，一言为定，我将尽力而为！"

然后，太阳转向小猪，补充道："至于你嘛，既然你这样喜欢吃闪光的东西，作为惩罚，你将变成一个储钱罐！你将保留着背上的这条伤口，萨伊德先生从那儿塞进小费，当你被装满后，才能得到释放！"

"太好了，"小猪说，"这是很快活的事。"

"你做梦！"太阳说。

他低声念着一套咒语。小猪不再动弹，他变成了储钱罐。

顾客们俯下身子，想更仔细地观看。太阳趁机走向门口，飞上天空。顿时，所有的人，包括小孩，都走出店铺，目送他远去……几秒钟后，他消失了。

那天白昼灰暗无光，因为太阳有些疲倦了。可是，那天夜晚，北极星又占据了天上的位置，启程去美洲的轮船都抵达了美洲。

至于小猪，太阳对他能很快获得自由所表示的怀疑，是完全有理的。的确，常有顾客留下小费；的确，萨伊德爸爸从不忘记把这些小费塞进缝口。可是，孩子们要去倒空里面的钱。我没有说每天，但一天也有好几次，所以，小猪永远不会被装满，这倒令人忧虑。

别出心裁　异想天开

明天是猪日

[日本] 矢玉四郎 著 彭懿 译

我在学校学习了报纸的作用后突发奇想，决定自己办一份《吹牛报》，就贴在我家附近那个小神社的布告牌上，好让更多的人看到。我哪里知道一出报纸，跟着就发生了怪事。《吹牛报》上写的明明是不可能发生的事，可是一贴上布告牌就成了真的：先是有一位头上长郁金香的小女孩前来拜访，后来又碰上了肚子上裂出个大洞的甜面圈人。我有些为难了，报纸上到底该写些什么才好呢？

对啦！写比《吹牛报》上的事更荒唐、绝对不可能发生的事，总行了吧？

而且，索性不写人的事情。

想到这里，我来了劲头。

就出一张要多离奇就有多离奇的报纸！

我一直写到晚上八点，报纸总算写好了。

我拿起它，朝神社跑去。

我把它贴到布告牌上，报纸被月光一照，呈现出一种青白色，像是浮在那里。

明天早上，读到它的人脸上该是什么表情呢？

吓一跳，站都站不住了吧？哈哈！

这一回，该不会有人说我了吧？

因为我没有写任何地方、任何人的事情。

我写的是猪。说不定猪会呼噜呼噜地叫吧？

第二天，一到学校，大家说的全都是猪。

"怎么才能捉到猪呢？"

"有捉猪的网子吗？"

"说用水桶就行。"

嘿，大家已经读过《猪报》了！

真是没有想到，会有这么多人读过《猪报》了。

我挺高兴。

不过，总觉得有点怪怪的。

中午休息时，校内广播里播放了教导主任的话：

"嗯，明天是猪日，学校放假。猪时间是，下午一点开始，两点结束。大家努力去捉猪吧！"

他在说什么呀！

我不记得我写过猪时间。

而且，学校还放假。

想不到，那么一本正经的教导主任还开玩笑。

"喂，什么叫猪时间？"

一问同学，大家都把我当成了傻瓜。

"猪时间就是猪时间呀，十元便宜货！"

什么也问不出来。

我担起心来。

猪日好像要发生什么可怕的事情。

猪肉日我以前倒是听说过。每个月的十日，猪肉比往日卖得便宜。

但没有猪日这样一个节日。

从学校回家的路上，我看见附近的大婶们正站在路中央聊天。

"真盼着明天的猪时间啊！猪好可爱哟！"

"不过，不知道猪从什么地方出来，叫人担心。"

"真受不了。我对猪过敏，一看到猪，浑身就发痒。"

听着听着，就让人觉得明天真的是猪日一样。

不过，明天学校真的放假吗？

那天晚上，连电视新闻里也这样说道：

"明天是猪日。"

在猪神社里，将举行猪节活动。

今天晚上，会有数不清的人提着猪灯笼，排着队，一边走，一边呼唤猪。

这叫"请猪"，是一种罕见的仪式。

明天，要是有成群的猪出现就好了。

孩子们正盼望着猪时间快点到来吧？

什么时候开始有了猪节呢？

我问妈妈，却完全说不到一起去。

"为什么明天是猪日？"

"为什么？因为有猪出来，就叫猪日啊！如果有牛出来，就是牛日。如果有怪兽哥斯拉出来，就是怪兽哥斯拉日。"

"那么说，也有怪兽哥斯拉时间啦？"

"明明是猪日，怎么会有怪兽哥斯拉出来？快给我睡觉！"

我的脑袋更加糊涂了。

第二天早上，我被妹妹阿玉的歌声吵醒了。

"猪——爬得——比——屋顶——还要高——"

她一边唱着乱七八糟的歌，一边跳。

枕头边上，放着网子。

爸爸嘿嘿地笑着说："昨天晚上买的，多捉些猪吧！"

"这不是捕虫网吗？用它是捉不到猪的。"

"行啊，行啊！尽量抓小的。做个迷你猪屋，养上猪，那才有意思呢！"

我不知道他在说什么。

也不去上班，就这么闲待在家里，不要紧吗……

到外面一看，别人家也像是过星期日似的，十分悠闲。

而且，天上到处飘着鲤鱼旗一样的布条。

"咦，猪旗？"

这可完全是一片节日气氛了。学校好像也真的放假了。市政府的车子，响着喇叭，在大街上转来转去。

"猪时间从一点开始，两点结束。这段时间不能使用自来水，请注意防火。"

街道居委会的会长林田伯伯，穿着漂亮的运动服，头上扎着头巾，意气风发地从我身边走过。

"早上好。抓猪用这个才行。哈哈！"

他干劲十足，手上舞着一把打门球的木槌。

早上就闹成了这个样子，到了猪时间，又该闹成什么样子呢？

吃完中午饭，在等待中，时钟的指针终于指向了一点。

呜——呜——呜——

到处响起了警笛声。

连寺院的大钟，也咣地敲响了。

"要出来啦！则安，你拿上网子。阿玉，你拿上水桶。"

爸爸挽起袖子，劲头十足。

"呀，出来啦！"

从什么地方传来了吵闹声。

"从什么地方出来呢？"

妈妈在屋里转起了圈子。

"好，来了。先是这里！"

爸爸把壁橱的门拉开了一道缝。

呼——五六头和狗差不多大小的猪，活蹦乱跳地跑了出来。

"出来喽！"

爸爸啪的一声关上壁橱的门，朝猪扑去。

猪逃得飞快，一下就从他的手里逃了出去，逃掉了。

"哈哈，失败了！"

爸爸笑了。简直就像是在捞金鱼。

"壁橱里面怎么会有猪呢？"

我又悄悄地把壁橱的门打开，呼——又有五六头猪冲了出来。

"哇！"猪从我的脑袋上飞了过去，咚咚咚，逃掉了。

"不行啊，瞧你那战战兢兢的样子！"

我被爸爸训了一顿。

"这次是大衣柜了。拿好网子！"

爸爸打开一头的抽屉。

呼呼呼呼！比猫还要小的猪，一头接一头地冲了出来。

"喂，则安，你发什么呆呀？网子！网子！"

爸爸操着褥垫，转着圈儿地追猪。

小猪像老鼠似的，咻溜一下就逃掉了。

"哎呀，快来呀！这里，这里！"

阿玉在厨房里叫起来。

我跑去一看，碗橱里面猪呼呼呼呼地直叫。

"啊，出来了！出来了！"

妈妈正要拿锅去扣，恰好又从锅里面跳出来两三头猪，她连忙扣住了锅盖。

呼呼呼呼！猪在锅里闹翻了天。

锅盖响。

"呀！"妈妈按不住锅盖了，手松开了。

猪咚咚咚咚咚地逃了。

"这里面呢？"阿玉打开了冰箱的门。

呼呼呼呼呼！

"哎呀，好凉！"

像冰块一样凉的猪。照这样下去，要是不留神把烤箱的门打开了，说不定会跳出烤猪来！

"还是别乱开门了吧！"

"你在说什么呀？看，又出来啦！"

妈妈拧开水龙头，呼呼呼呼呼，黄豆一般大的小猪一泻而出。水槽里全是猪。

"这是什么呀？是水猪吗？"

猪从四面八方钻出来。打开衣橱，呼！打开抽屉，呼呼呼！衣橱后面、窗帘后面、沙发底下，呼呼呼呼呼！呼呼呼呼呼！有大的，有小的，小的就和蟑螂一样。

"抓吧！"爸爸嚷道。可是，抓呀抓呀，猪哧溜一下就溜走了，逃了，根本就抓不住。

不光是我们家发生了骚乱。

附近的房子、道路、公园里，到处都有猪在跑来跑去。

掀开下水道的盖子，大猪一头接一头地冲了出来。

消防车一边呜呜地鸣着警笛，一边飞驰而来。

"请把一号街出来的猪，赶到本町小学集中；把二号街出来的猪，赶到森林公园集中。"

喇叭里喊道："用水冲猪吧！"

消防队员握住水管，摆好了架势，但从水管里喷出来的却不是水，呼呼呼呼呼，是猪。

"哇，怎么回事？"消防队员吓了一大跳，逃走了。

猪一个劲儿地往外涌，根本就抓不住。不管什么地方，全是猪猪猪猪猪猪猪，成了猪的洪水啦！

已经不知道是从什么地方冒出来的了。

呼呼呼呼！呼呼呼呼呼！

吵死了，吵得人头都疼了。

"怎么会有这么多的猪啊？"

我突然讨厌起猪来。

"那边，到那边去！"

我把身边的猪推开了。

可是，猪反而朝我这里涌过来。

呼呼呼呼！呼呼呼呼呼！

大的用鼻子拱，小的干脆就直扑过来。

"哇，救命！"

简直成了猪的地狱。

我被猪包围了，挤得我受不了啦。

就在这时，四下里响起了警笛声。

呜——呜——呜——呜——呜——

"现在是两点，猪时间结束了。"

喇叭里高声叫道。

一刹那间，猪们就像水流似的，咚咚咚咚咚，一起朝房子外面跑去。

道路上成了猪的河。猪排着队伍，跑走了。

一转眼的工夫，一头也不剩了，猪们不知跑到什么地方去了。

"哇，不得了！则安、阿玉，你们没事吧？"

"啊啊，太好玩了！"

爸爸和妈妈都是笑嘻嘻的。

嘿，这就是猪时间哪……

完得也太快了，我觉得好没劲，一下子变得无精打采。

猪时间之后，是猪节。

人们抬着猪轿子，和着猪号子，跳起了猪舞，吃起了猪馒头，度过了热热闹闹的一天。

那以后的两三天，也就那么稀里糊涂地过去了。

有时，我会突然想起猪日的事情，还有点后怕。

是不是因为我在报纸上写了"猪日"，猪才跑了出来呢？

还好，写的是"猪日"，一天就完事了。要是写了今年是"猪年"的话，那说不定一整年里都会有猪跑出来。

再也不能在报上乱写怪事了。

真的是那块布告牌的原因吗？

因为它是神的布告牌！

不过，等一下。

如果我写在报纸里的事，全都照样发生的话，嘻嘻嘻……我不写那种事了。

写点更加带劲儿的事吧。

好，就这么办。

牵手阅读

在日常生活中，我们有太多的条条框框，这不行，那也不行，只有合乎常理和老规矩才行。其实人的天性是酷爱自由的，我们每个人都爱天马行空，活得潇潇洒洒，而文学便赐予我们想象的自由和心灵的解放。在文学的王国里，我们可以异想天开，享受只有上帝才可享受到的创造快乐，于是一只小猪吞了北极星，世界竟然是从半个剖开的西瓜皮开始的，猪日原来是一个猪的狂欢节，巴塞洛米·卡宾斯头上的帽子摘呀摘不完……这些匪夷所思的文字，疯狂而好玩，像一枚枚强力炸弹，炸开了那些陈旧的条条框框，给人们以无拘无束的思维快感，写作此时真的成了一种快乐。如此这般，同学们还会怕写作文吗？

　　爱是一种发自于内心的情感。这个世界上什么都会老，但只有爱永远年轻，所以，爱是人类的一个永恒主题。只要你是一个有爱的人，就会感觉到爱像磁场一样，时刻作用于你；就会理解爱的温度和光泽。它默默地温暖着我们的身心，照亮了漫漫的人生长夜……

九个里面挑哪个呢

[匈牙利] 约卡伊·莫尔 著　　熊凯 译

　　从前，有个穷鞋匠约翰住在佩斯这个大城市里，他觉得过日子很不容易。

　　并不是人们突然决定不穿皮靴，也不是长官们下令从今以后皮靴只卖半价。再说，这个好人儿手艺又好，顾客们都慨叹他做的皮靴老穿不坏，上门的顾客有的是。他们给钱都很爽快，没有一个赖账的。尽管这样，约翰师傅在这个世界上还是活不下去，有时他甚至想自杀。不过，也只是说说罢了，因为约翰师傅是个很好的基督教徒；而一个好教徒，不管日子多么艰难，也不会自寻短见的。

　　约翰师傅总是富裕不起来，原因是这样：上帝选择了另一种方式赐福给他，让他每年添一个孩子。有时是男孩，有时是女孩，个个都结结实实、胖乎乎的。

　　"呀，主啊，"等到生下第六、第七、第八个孩子的时候，家里每添一口人，约翰师傅总是这样叹息，"多咱才有个完结呀？"后来，添到了第九个，他的老婆死了，这才算是完结。

约翰师傅孤零零地和他的九个孩子一同留在世上——这对于一个男子汉，委实不容易。

两个大的已经上学，有两个还得教走路，还有一个整天不离手。这个要喂饭，那个要穿衣，那个又要洗脸。而且，这些小家伙都得养活。唔，兄弟们，这对一个男子汉来说，真不是一桩小事呢——不信试试看！

要是做鞋，他不得不做九双；要是切面包，他不得不切九片；要是铺床……整个房间从门到窗都摆满了床呀，床上露出一个个金发的、棕发的小脑袋。

"呀，主啊，我的上帝，您给了我什么样的恩赐啊！"当他为了养活这么多小家伙，半夜还得在条凳边忙着做鞋的时候，当他哄着这个或那个睡觉不老实的孩子入睡的时候，这个好心的手艺人常常独自叹息。九个，他们九个，整整九个！可是，感谢上帝，这是没有理由抱怨的，九个全都精神奕奕、品行端正、相貌好、体格棒，而且胃口呱呱叫。再说，一个面包分九份总比有人吃药强，一个房间排满九张床总比当中放一口棺材好。愿上帝保佑每个做父母的免除这样一种灾难吧，即使非丧失一个不可，也请把八个留下。

不过，约翰师傅的孩子们连一丁点儿死亡的征兆也没有。上帝把一切全都安排好了，他们九个全都要活下去，决不退出世界。雨也好，雪也好，都损不了他们分毫；即使只有硬面包吃，对他们也并没有什么不好。

一个圣诞节晚上，约翰师傅因事回家晚了点。他带回各种现成的皮子，还拿回来一小笔款子——刚够继续他的手艺和维持一家的日常需要。在他匆忙回家的路上，他看见小摊上摆满了镀金镀银的圣像和糖娃娃，虔诚的女摊贩在每条街角上售卖这些东西，她们只卖给品行端正的孩子们。她们甚至先问问买东西的孩子品行好不好，因为她们不愿意把任何东西卖给坏孩子。约翰师傅在好几个摊子前停下来。他要不要买点什么呢？可是九个孩子统统都给买吗？那他担负不起！但总不能只给一个孩子买礼物呀，他能这样吗？这会叫别的孩子难受的。不，他得给他们另外一种圣诞礼物！这个礼物要又漂亮又好玩，打不破，玩不坏；要他们个个都喜欢，而且谁也不能从谁那里抢走。

"喂，孩子们——一、二、三、四……你们都在这儿吗？"约翰师傅回到他那有九个孩子的家时问道，"你们知道今天是圣诞节吗？这是一个大节日，一个最快乐的节日。今儿晚上我们什么活儿都不做，我们要大家一起快活快活。"

孩子们是这样兴奋，今天他们简直高兴得把房子都闹翻了。

"等一等，我教你们唱一首我会唱的最好听的歌。这是一首很好听的圣歌，我特意把它留到今天，算是我送给你们的圣诞礼物。"

小家伙们爬上爸爸的膝盖，张开小胳臂搂着他的脖子。为了这首好听的歌，他们差点儿把爸爸的椅子翻倒了。

"我说什么来着？你们放规矩点，你们要排个队。小的在前，大的在后。"

爱是个永远不老的精灵

他帮他们排好队，像风琴管子似的。最小的两个，一个抱着爸爸的膝盖，一个抱着爸爸的胳膊。

"现在别作声了！我唱一句，你们跟着唱一句。"

于是，约翰师傅显出一副严肃而虔诚的样子，脱下他那顶绿色的帽子，唱起那首好听的圣歌来。

"听啊，天使高声唱……"

这个调子，大的几个男孩、女孩一听就学会了；小的几个比较麻烦，他们老唱走调，也不合拍子。最后，他们全都会唱了。听他们九个合唱这首好听的歌，真叫人打心眼里高兴。这首歌原是天使们在那可纪念的晚上唱的，也许此刻还在唱呢，因为这九个天真漂亮的小家伙唱着这首和谐的快乐的歌寻求着天上的应和。

当然，天使们在天上是欢迎孩子们的歌唱的。

不过，这歌声却没有受到楼上主人的欢迎。

一个有钱的单身汉住在那儿，孤零零的一个人却住着九间房。他在这一间坐，在那一间睡，在第三间抽烟，在第四间吃饭，至于另外五间他用来干什么，那就谁都不知道了。

他没有老婆，也没有孩子，可是有数不清的钱。

那天晚上，这个有钱人正坐在第八个房间里纳闷：为什么他吃的东西这样没有味道？为什么报上尽是这样一些没趣的新闻？为什么宽敞的房间会这样气闷？为什么在弹簧床上不能安睡？这时，约翰师傅居住的楼下那个房间却传来热情的、愉快的歌声，起先，只是隐隐约约听得见，以后就愈来愈响了。

最初他尽可能不去听，希望歌声很快便会停止，可是当他们周而复始地唱到第十遍的时候，他再也忍受不了了。

他弄灭了雪茄，穿着睡衣就下楼冲进鞋匠的房间。

他推开门，这时他们刚唱完第一节。约翰师傅恭敬地从他那个三脚凳上站起来，迎接这位大老爷。

"你就是约翰师傅吗？"有钱人问。

"是的，先生，您有什么吩咐？要定做一双漆皮靴吗？"

"我不是为这个来的。你有一大帮孩子。"

"是的，先生。大大小小，我是有不少。好多张嘴得养活。"

"就是唱起来也有好多嘴呢。听我说，约翰师傅，我要让你走运。把你的儿子给我一个吧。我收养他做儿子，供他念书，带他一同到外国旅行。我要把他教育成一个上等人，以后他就有钱接济别的孩子了。"

约翰师傅听了这番话，眼睛瞪得像个盘子似的又圆又大。把一个穷手艺人的儿子变成上等人——这是一桩大事情。谁都得认真想想的！

当然，他愿意把一个孩子送给这个有钱人。这是个好运气。

"唔，那么在他们当中挑一个给我好了，我们这就去吧。"

挑谁好呢？约翰师傅暗自思量：

"这是小山陀尔。唔，不能让他去，他是个好学生，将来可以当牧师。老二是个姑娘——你，这位先生不要女孩子。再就是费伦茨，他已经可以帮我一把了，没有

爱是个永远不老的精灵

他，做起买卖来真不知怎么办。这是小约翰，他的名字和我一样，我舍不得他。小约瑟呢，模样儿活像他的妈妈，他总是使我想起她来，他一定得留在家里。下一个又是个姑娘，用不着考虑了。再就是小帕里，他妈妈最疼爱的孩子。唉，要是我把他交给陌生人，这可怜的女人准会在坟墓里睡不安心的。这两个还太小，你拿他们怎么办呢，先生？"

就这样，他把他们统统考虑了一遍，可还是拿不定主意。随后他又重新考虑，这一次从最小的考虑起，不过结果完全一样：他不知道该送哪一个，因为他个个都爱。

"这样吧，孩子们，你们就自己决定吧。你们哪一个愿意离开家，去做大老爷，去坐马车呀？来，说吧，谁愿意去就站出来吧！"

可怜的鞋匠说到这里，几乎要流泪了，孩子们全都躲到他的背后。他们一个个拉着他的手，抱着他的腿，揪着他的皮围裙，把他偎得紧紧的，避开那位陌生的先生。

最后，鞋匠再也忍不住了，他张开胳膊把孩子们统统抱住，紧紧地搂着他们，眼泪落到他们头上——孩子们也跟着哭起来了。

"这是办不到的，亲爱的先生，这是办不到的！随便您向我要什么吧，不过，既然仁慈的上帝把孩子们赐给了我，我就哪一个都不能舍弃了。"

那个有钱人说，这一点他已经明白了，不过，鞋匠至少可以同意不要和他的孩子们再唱下去了，这样他将获得一千元钱。

约翰师傅有生以来还没有见过一千元这么多的钱，现在他觉得这笔钱已经落到手里了。

那位先生又上楼回到他那些沉闷的房间去了。约翰师傅查看了一下那张从未见过的一千元的钞票，然后不安地把它锁进箱子，把钥匙放进口袋，随后就沉默起来了。

小家伙们也都不吱声了，他们是不准唱歌的。

几个大的闷闷地蜷坐在椅子上，要弟弟和妹妹们不要弄出响声，告诉他们千万不要唱歌，因为楼上那位先生会听见的。

约翰师傅自己不声不响地在屋里踱来踱去。他老婆生前最宠爱的儿子走过来，央求他把那首最好听的歌再教一遍，因为他已经忘记了，可是约翰师傅粗暴地把他推开。

"不准唱歌！"

随后他绷着脸在条凳旁边坐下来，开始使劲地捶打一双皮靴子，他埋头干活，什么也不想，直到后来他不知不觉也哼了起来："听啊，天使高声唱……"

起先他打自己的嘴巴，过后又变得非常生气。他扔下锤子，一脚踢开原先坐着的小凳子，打开箱子，拿出那张一千元的钞票，冲上楼去找那位有钱的先生。

"亲爱的先生，求您收回这笔钱吧，我用不着这笔钱。让我想唱的时候就唱吧，这比一千元钱重要得多。"

他把钞票放在桌子上，就飞也似的回到自己的家，一个挨一个吻过了所有的孩子，便把他们排好队，像一

爱是个永远不老的精灵

排风琴管子似的，自己坐在他们中间，坐在他自己的矮凳上，嘹亮地唱起来了：

"听啊！天使高声唱……"

他们十分快乐，仿佛整幢大房子都是属于他们的。

至于这幢大房子的主人，却孤独地在他那九个房间里踱来踱去，他只是纳闷：在这无聊的世界上，别人为什么这样快乐？……

牛 女

[日本] 小川未明 著　李佩　刘子敬 译

　　一个村子里有一个身材高大的女人。她长得未免过于高大，走起路来总是驼着背。她不会说话，性情极其温柔，多愁善感。她很疼爱她的儿子。

　　女人一年到头总是穿着一身黑色衣服。她家里只有两口人——她和她的儿子。村里的人时常看见她牵着年幼的儿子的手从街上走过。由于她身材高大、心地善良，不知谁给她起了一个绰号，叫作"牛女"。

　　村里的孩子们看见她走过，就高喊"牛女来啦"，像看稀罕东西似的，成群结队地跟在她身后，尽情地说些嘲笑她的话。她不会说话，耳朵也听不见，所以和平时一样，默不作声地低着头慢慢地赶路，让人看着觉得怪可怜的。

　　牛女疼爱自己的儿子，疼爱得超乎寻常。她深深懂得：自己是个残废，残废的孩子免不了要受人家欺负；孩子没有父亲，除自己以外，谁都不会疼爱孩子的。

　　出于以上种种原因，她越发可怜孩子，也更爱孩子了。

　　儿子也很爱他的母亲，无论母亲走到哪里，他都跟着。

牛女身体强壮，力气比一般人大几倍，再加上她心地善良，村里的人经常请她帮助干些力气活儿。背柴、运石头、扛行李，牛女拼命地干。两口人就靠她赚钱过活。

强壮的牛女得病了，看来不管身体多好的人也难免得病。牛女病得很重，已经不能起来干活了。

牛女觉得自己快要死了，可是，自己死了，谁来抚养孩子呢？死也合不上眼啊！不管死后自己的魂变做什么，也一定要照料孩子的前途。想着想着，牛女那大而善良的眼里扑簌簌地滚下大颗的泪珠。

可是，命里注定，牛女的病一天重似一天，她终于离开了人世。

村里的人没有一个不可怜牛女的。谁都知道，牛女和自己的骨肉生离死别，该会怎样抱恨九泉啊！

人们联合起来给牛女送了葬，并决定共同把她的孩子抚养成人。

牛女的儿子从这一家转到那一家。随着日月的流逝，他慢慢长大了。每逢高兴或悲伤的时候，他总是想起死去的母亲。

春天过去了，夏天过去了，秋天也过去了，冬天来到了。牛女的儿子越来越想念他的母亲。

一天，他站在村口眺望远方的群山，忽然看见母亲的黑色人影浮现在山半腰的白雪上。孩子很惊奇，但没有对任何人讲起这件事。

从那以后，每当想念母亲的时候，孩子就站在村口，眺望远方的高山。只要是晴天，总能清楚地看见母亲黑色的身影。母亲也好像默默地看着这边，好像在察看自己的亲骨肉是否受到了很好的照料……

爬上树的孩子

[日本] 小川未明 著　李佩　刘子敬 译

　　这里有一个名叫辰吉的少年，他幼年与父母分别，在奶奶的抚养下长大。

　　每当看到其他的小朋友拥有无微不至的母爱，或者在哥哥、姐姐的带领下出去游玩，辰吉总是伤心地自问："为什么只有我没有父母、兄弟、姐妹呢？"

　　"奶奶，我妈妈怎么啦？"辰吉这样问奶奶。

　　奶奶用满是皱纹的手抚摸着辰吉的头说："你妈妈到那个地方去啦！"

　　辰吉不明白奶奶说的"那个地方"到底是什么地方，大概是那片飘浮着白云的天空吧。想到这儿，辰吉总是泪流满面。

　　"奶奶，我妈妈什么时候回来呢？"

　　奶奶抚摸着孙子的头回答说："你妈妈到天上去了，已经变成了星星，因此，她再也不会回来啦。你妈妈每天晚上都从天上往下看，看着你平安长大，成为一个好孩子。"辰吉完全相信了奶奶的话。从此以后，他每天晚

上都到外边仰望在深蓝色的夜空中闪烁的星星。

"哪颗星是妈妈呢？"他口里念叨着，使劲在夜空的星群里寻找。

有一次，辰吉听奶奶说，人死了以后，都要升天，变成星星。在夜空里闪烁的星星真多，有大颗的星星，噼噼啪啪地闪着白光；有的纹丝不动，始终放射着红光；还有小星星，闪着萤火虫似的光芒。到底哪颗星星是妈妈呢？

妈妈一定在我们家房顶上看着我呢。辰吉这样想。

他在头上的天空寻找，终于把一颗柔和的、不太大、不太亮的红星星认定为自己的妈妈。

这颗星星好像两眼饱含着泪水，好像在诉说什么一样，一动不动地看着大地。

辰吉多次呼唤："妈妈！妈妈！"有时，他在夜晚凉风的吹拂下，良久地站在外边望星星。

奶奶在屋里喊他："辰吉，小心感冒，赶快进屋来！"

辰吉一边往屋里走，一边嘟哝着："人家在看妈妈变的星星呢！"每当这时，奶奶就用她温暖而多皱纹的大手抚摸辰吉的头。

辰吉刚满十二岁，就不得不离开奶奶，到五六里地外的村子去做工。

刚到一个新地方，辰吉觉得十分寂寞，早晚没人的时候，就想起奶奶来：奶奶现在在做什么呢？想着想着，眼圈就红了。

这家的主人是一个非常严厉的人，他经常教训辰吉：

"不使劲干活儿，就不会成为一个像样的人。"

辰吉听他使唤，为他挑水，干许多许多的活儿，简直没有一点休息的时间。他多么想念和蔼慈祥的奶奶啊，同时，他也更加感激她老人家。

晚饭后，辰吉像在自己家的时候一样，每天都到外边看天空的星星。在这儿也可以看见那颗柔和的红星星。辰吉想，死去的妈妈跟着自己呢，现在又在这家的屋顶上关切地望着自己呢！

"关于我的事，妈妈什么都知道。"辰吉仰望星星的时候经常这样自言自语。

村头有座庙，院子里有一棵参天的杉树。季节已是夏末秋初，但炎暑仍在继续。村里的孩子们都爱到凉爽的庙里来玩。他们捉迷藏，做各种游戏。

"这棵树一直连着天呢！"一个孩子抬头望着杉树说。其余的孩子也都玩累了，大家在树下休息。

"傻瓜，怎么能连着天，天高着呢！"一个孩子反驳说。

"这棵树就是连着天的！"那个孩子坚持说。

"傻瓜，天比这棵树高出不只一里、二里、十里、一百里，还要高得多呢！"持反对意见的孩子又说。

大家都饶有兴趣地听着他们的对话。他们笑着，又说起其他话题。

"胡说！星星不就挂在树尖上吗？"说树连着天的孩子说。

"看来好像是这样，其实根本不连着！"另一个孩子说。

这时，另外一个孩子说："今天的天空确实很低。"

"老师说过，秋天空气好，看起来就像天空低似的。"反对的孩子又说。

"你怎么看不见天空连着树尖呢？真是个瞎子！"认为树连着天的那个孩子终于发怒了。于是，两个孩子开始争吵起来。

"喂，不要吵架，快住嘴！"孩子群中一个年龄最大的孩子开口劝阻说。

另一个孩子从旁插嘴说："听说有的星星上边住着人。"

辰吉想起，奶奶曾经对自己说过，人死了以后，都要升天，变成星星。从一开始，辰吉就觉得今天的天空低，好像就在树顶上似的。

说不定妈妈下来了呢，辰吉想。

两个孩子还在继续争吵着。

"不用吵啦，谁上树看看不就一清二楚了吗？"大孩子说。

但是，没有一个人自告奋勇。

辰吉说："我上。"

其他小朋友一齐吃惊地看着辰吉。

"你上？"

"这树高着呢，小心摔下来呀！"

"你能爬上去吗？"大家都怀疑地问他。

辰吉默默地点点头，把两只小木屐脱在树根底下，开始爬树了。

大家都目不转睛地看着他的一举一动。四周完全黑下来了，只有树枝在随风抖动。星星在杉树顶上闪烁着，把夜空映照得非常美丽。

辰吉越爬越高。他那矮小的身体很快就消失在黑暗的树枝丛中。

"大概已经爬到高高的树顶了吧?"孩子们在底下说着。

"谁知道呢，反正还不见他下来。"

"喂，辰吉!"孩子们在树下嚷开了。

可是，不知辰吉到底怎么了，没有回音，也没有下来。孩子们觉得很奇怪，在树底下往上看呀看的，看了很长时间。

晚风吹动着树枝，发出微微的声响。夜深了，孩子们有些害怕。

"这棵树上一定有大蛇。它把辰吉吃了吧?"听到一个孩子这样说，其他孩子都吓得哇哇大叫，赶紧从树底下跑开，一齐向树上张望。有的孩子吓得直往家跑，树底下只剩下辰吉的一双小小的木屐。

有的孩子跑回家去了，有的孩子惦念辰吉，还守在杉树的周围。

许多家长闻讯赶来，纷纷纳闷地说："辰吉怎么爬到那么高的树上去了呢?"

可是，由于夜已经深了，黑咕隆咚的，没人敢爬上树去找辰吉。他们只在树下呼喊着辰吉的名字，但没有一丝回响。

不知谁说了一声："到明天就知道怎么回事啦!"人们一听，就都回家睡觉去了。

天亮以后，很多人集中在杉树下。一个成年人爬上树去，结果只发现辰吉的衣服挂在树枝上，却没见到人影。人们惊讶万分，但谁也不知道事实的真相究竟怎样。有人说辰吉变成了蝙蝠；有人说辰吉变成了猫头鹰，已经飞离了这棵树，到天上去了。

重　逢

[苏联]　康斯坦丁·梅罕利　著

　　这列火车不偏不倚地停在了隧道里。糟糕的是，它的第一节车厢已开出了隧道，而最后一节却还没有进去。出乎意料的停车让许多乘客心中颇为不爽，只有最后一节车厢中的一位乘客不以为然，心里反而有点暗自庆幸。他之所以高兴，并不是因为他的那节车厢比其他的车厢明亮，而是因为离这条隧道不远，正好住着他的父亲。虽然每次出差旅行，他都要通过这条隧道，可是，他和父亲已经多年没有见面了，因为这里从来没有为火车设置停靠站。他想，借这次意外的机会，说不定能和父亲见上一面。

　　这位乘客从车窗探出身子，叫住一位正沿着铁路闲逛的列车员："喂，您好，请问出什么事了？"

　　"唉，隧道出口的铁轨坏了。"

　　"啊，那我们需要在这里等多长时间？"

　　"起码得四个钟头吧。"列车员说完，转身朝隧道的另一头走去。

这位乘客心中立刻有了底，他张望了一下四周，发现在最后一节车厢的对面，正好有一个电话亭。这位乘客便下了火车，去给父亲打电话。有人告诉他，他的父亲正在值班，并且给了他父亲工地的电话号码，于是这位乘客又往工地上打电话。

　　"是儿子吗？"不知为什么，父亲立刻听出了他的声音。

　　"是我，爸爸，我有整整四个小时会待在这里。"

　　"啊，太可惜啦！"父亲失望地说，'我干完这些活儿正好要四个小时。"

　　"你不能请假提前走一会儿吗？"

　　"不行，"父亲回答，"这是个急活儿。让我好好想个什么办法吧！"

　　乘客挂上电话，点上一支烟，开始焦急地等待。

　　这时，那个列车员正好从隧道里返回来。

　　"过两个钟头我们就能走啦！"他向乘客宣布。

　　"什么？过两个钟头？"乘客惊叫一声，"您刚才不是说，要四个小时吗？"

　　"那个修理工刚才以为修好坏铁轨起码要四个钟头，可现在他又说，两个钟头就能搞定。"列车员解释道，然后转身又朝隧道的另一头走去。

　　乘客急忙奔向电话机，匆匆地拨了号码："爸爸，哎，你知道吗？事情是这样的：我等不了四个小时，只能等两个小时。"

　　"真糟糕！"父亲有些气恼了，停顿了一下接着说，"哦，那也没关系，我再加把劲儿，说不定，一个钟头就能把活儿干完。"

乘客挂上了话筒。这时，那个列车员吹着口哨从隧道里走了出来："我们今天真走运，碰上这么一个好修理工。一个钟头，他说，一个钟头就能搞定。"

这位乘客又忙奔向电话亭："爸爸，对不起！我剩下的时间不是两个小时，而是一个小时。"

"怎么这么倒霉！"父亲很生气，"那我用半个钟头，好吧，我不会再往后拖了。"

乘客挂上了话筒，把烟头扔到地上，使劲儿用脚踩灭。这时，那个列车员又正好从隧道里返回来：

"哈哈，简直是笑话！那些活儿，修理工说半个钟头就能搞定了。"

"他这不是在耍弄着我们玩吗？"乘客叫喊着又奔向了电话，"爸爸，十分钟内你能把活儿干完吗？"

"没问题，能干完，孩子。我就是累散了架、累蹬了腿，也要尽快把活儿干完。"

乘客挂上电话，抬起手腕看着手表。这时，那个列车员手中摆弄着一根小树枝儿，嘴里哼着小调，从隧道里钻了出来：

"嘿，这个修理工真会瞎扯，嘴里喊着'这么多活儿，这么多活儿'，可现在他又说，十分钟就能干完。"

"真是浑蛋！"乘客心中暗骂，又拿起话筒，开始拨号，"爸爸，听见了吗？我们已经来不及了。刚才，那个浑蛋答应要停四个小时，可如今他又说，只能停十分钟。"

"不错，他确实是个浑蛋。"父亲同意他的观点，

"你不要失望，孩子，我马上就完事儿！"

突然，隧道里传出那个列车员洪亮的喊叫声："请大家赶快上车！"

"再见了，爸爸！"乘客向话筒最后叫了一声，"他们没能让我和你见上一面！"

"等一等，孩子！"父亲气喘吁吁、声音嘶哑地喊着，"我已经没事儿啦，你别挂电话！"

然而，这位乘客已经跳进了车厢。列车徐徐开动。

在火车驶出隧道的一刹那，这位乘客看到了出口外一间巡道工的小屋，而在它小小的窗口后面，站着一个老人，他一边用帽子擦拭着满脸的汗水，一边高兴地冲着话筒大声喊着：

"我终于脱身了，孩子，我完事儿啦！"

然而，车轮与铁轨撞击的轰鸣声淹没了他的声音……

76

圣诞节礼物

[美国] 赛珍珠 著　毛荣贵 译

清晨四点，他忽然醒来，完完全全地醒来了。这是父亲叫他起床帮忙挤牛奶的时间。奇怪的是，他小时候的习惯居然一直保持到现在。父亲辞世已经三十年了，然而他仍然会在清晨四点醒来。今天是圣诞节，他不想再睡了。

现在的圣诞节还有什么魅力呢？他的童年和少年时代已逝去很久了，他的孩子已经长大成人，远走高飞了。

昨天，他的妻子说："那不值得，也许……"

他说："爱丽斯，即使只有我们两个人，也让我们过一个自己的圣诞节吧！"

她接着说："让我们明天再装饰圣诞树吧，罗伯特，我有点累了。"

他同意了，树还搁在后门外。

今天夜里他为什么老是醒着呢？夜空晴朗，群星闪烁。天上没有月亮，星星也就异乎寻常地明亮。这时他记起来了，圣诞节黎明前的星星似乎总是那样晶莹透亮。

他又陷入了对往事的回忆中，现在他变得十分多愁善感。那年他十五岁，仍待在父亲的农场里。圣诞节的前几天，他无意中听到父亲在对母亲说些什么，他才意识到他很爱父亲。

"玛丽，我真不愿在早晨叫醒罗伯特。他现在长得很快，正需要睡眠，我真想自己一个人顶着干。"

"唉，你干不了，亚当。"母亲的声音很清脆，"另外，他也不是个小孩了，是他干活的时候了。"

"是呀，"父亲缓缓地说，"不过我真不愿意叫醒他。"

听到这儿，他的内心似乎有什么东西被唤醒了：父亲是如此疼爱他！这一点他从来没想到，他曾经认为父子关系就应该是这样的。既然明白了父亲疼爱他，那么一大早就不应该再那么磨磨蹭蹭的，老是要父亲叫醒他。他起来了，睡眼惺忪，穿上了衣服。

圣诞节的前一天夜晚，他躺在床上琢磨，第二天应干些什么。他们一家生活清贫，节日里他们才能享受上自家饲养的火鸡，还有母亲亲手做的碎肉馅饼和姐姐自己缝的衣服。父母还给他买些他需要的东西，不仅仅是一件暖暖和和的夹克衫，或许还有些别的，比如一本书。他呢，也用自己节省下来的钱买点东西回赠他们。

他在思量：在自己十五岁的圣诞节，要给父亲一件更好的礼物，不再是那种从小店铺买来的普普通通的领带。他侧身躺着，注视着顶楼的窗外。

"爸爸，"有一次他这样问，那时他还很小，"什么是马厩？"

"那就是一个牲口棚，"父亲回答，"跟我们的牛栏

爱是个永远不老的精灵

差不多。"

耶稣就诞生在一个马厩里，牧羊人和头领还把圣诞礼物送到马厩里呢！

一个主意在他眼前闪过。他为什么不能给父亲一件特别的礼物呢？就在外面的牛栏里呀！

望着天边的星星，他失声笑了。就这么干，不过可不能睡得太死了。

那天夜里他一定醒来过二十次！每次都划着一根火柴，看一眼那只旧表。

三点还差一刻，他悄悄起身下楼。那楼板会吱吱嘎嘎地发出响声，他格外小心，终于出了家门。一颗明亮的星星低悬在屋顶上空，放射出金黄又略带微红的光泽。奶牛看着他，既困倦又惊奇，对于它们来说，今天挤奶的时间似乎太早了一点。

它们平静地等候着他。他为每头牛都加了点草，又取来了奶桶和大奶罐。

他从来都没独自挤过奶，但是这活看来也并不难。他嘴角上挂着微笑，不停地干着。牛奶像两条白柱倾入奶桶，泛着白色的泡沫，溢出诱人的奶香。牛很听话，似乎也知道今天是圣诞节呢。

事情比设想的顺利，挤一次奶也并非难事。这就是他奉献给父亲的圣诞礼物呀！终于干完了，大奶罐都盛得满满的，他加上盖儿，轻轻关上牛栏的门，还检查了门闩。他在门边放了一只凳子，挂上了空奶桶，走出牛舍，关上了门。

回到自己屋里，只用一分钟的工夫，他就脱掉了衣服，迅速爬上了床。他听见了父亲的起床声，就马上用被子蒙上了脑袋，盖住那急促的喘气声。这时，门被推开了。

"罗伯特，"父亲的叫声，"得起床了，圣诞节也一样。"

"噢——"他梦呓般地应道。

"我先去，"父亲说，"做点准备工作。"

门关上了。他静静地躺着，笑出声来。只消几分钟，父亲就会明白，一切都由他独自干完了。他的心高兴得快要跳出来了。

几分钟的工夫，似乎没了尽头。十分钟，十五分钟……不知道过了多少分钟，终于听到了父亲的脚步声。门，又开了。

"罗伯特！"

"嗯，爸爸——"

"我可以发誓……"父亲笑了，这是一种奇怪的哧哧

的笑声，"你耍弄了我，是吗？"父亲站在床边，摸了摸他，然后把被子掀开了。

"今天是圣诞节，爸爸！"

他也摸到了父亲，并紧紧地抱住了父亲。他感到父亲的双手搂住了他。黑暗中，他们彼此看不清对方的脸。

"我的好儿子，我感谢你。没有什么人干过比这更好的事情了。"

"爸爸，我要你知道，我真想学好样的！"他自己也不知道怎么说出了这句话。他实在不知道说什么好，他那颗挚爱父亲的心一个劲儿地跳动着。

"好吧，我还可以回去躺一会儿呢。"父亲停了一下又说，"不，你听，弟弟妹妹们都醒来了。你想想，我还从来没见过你们小孩子第一次看到圣诞树的高兴劲儿呢！我老是待在牛舍里。快起来吧！"

他又穿起了衣服。父子俩下楼去看圣诞树。没多久，太阳爬到了刚才那颗星星的位置上。啊！多么美好的圣诞节！当父亲把刚才发生的一切告诉母亲的时候，他又羞愧又自豪，那颗心又激烈地跳动起来。

"这是我所得到的最好的圣诞礼物，我得记住它，我的儿子，每一年圣诞节的早晨我都会记起它，只要我还活在人世。"

父子俩一直铭记着这件事。现在父亲去世了，他独自一人记住了那个神圣的圣诞节的早晨，他一个人和母牛待在牛舍里，那准备奉献给父亲的第一件厚礼的情形。

这时，窗外的星星正在从天上渐渐遁去，他下了床，穿上拖鞋，披上浴巾，缓步走下楼去。他把圣诞树移进屋里来，精心装饰着，很快就干完了。他又走进书房，取出一只小盒子，里边盛着给老伴的特别礼物：一枚钻石胸针。它不大，但很精致。可他对这一件礼物并不感到满足，他还要告诉她：他是多么爱她！

能够爱别人是幸福的，这才是生活中真正的乐趣。他想起来了，很久以前当他明白父亲疼爱着他时，他的心里就埋下了爱的种子。爱，只有爱，才能唤醒爱。

早晨，这个神圣的圣诞节的早晨，他将把他的爱奉献给老伴，他将把它写在一封信里，让她永久地阅读和保存下去。他走到桌边，动起笔来：我最亲爱的……

写完信，封上口，他把信挂在圣诞树上。他熄了灯，轻步上楼。天上的星星消逝了，太阳的第一束光芒在东方闪亮，这是一个幸福的圣诞节！

牵手阅读

上面这组感人的文章，有的幽默风趣，有的哀婉可叹，有的亦真亦幻，有的真挚朴实，但都表达了一个共同的主题：爱的奇迹。因为爱，即使贫困的日子里也充满了欢乐；因为爱，牛女的孩子在远远的高山上看见了已死去的母亲的黑色身影；因为爱，辰吉爬上大树去寻找化作星星的妈妈；因为爱，当父亲所有的努力都成了擦肩而过的遗憾时，读者却收获了无限的温情；因为爱，一件特别的圣诞礼物给了我们许多有益的启示——"能够爱别人是幸福的，这才是生活中真正的乐趣"；"爱，只有爱，才能唤醒爱"。

人性深处的秘密

　　法国大文豪雨果曾说："有一种比海洋更宏大的景象，那就是天空；还有一种比天空更宏大的景象，那就是人的内心世界。"人性深处的秘密，是永远也挖掘不尽的一座文学富矿。

品尝布丁的人

[美国] 莫里斯 著　金易 译

在某一家出售葡萄干布丁的商店里，一到圣诞节期间，店主就会陈列出许多这类美味的食品，它们琳琅满目，摆成一排供顾客选购。你可以挑选最合你口味的品种，店主甚至还允许顾客把各色布丁都尝完以后，才决定买什么或是否购买。

我常常纳闷，这种对顾客的优待会不会被一些根本无意购买的人所利用。有一天，我出于好奇，就去问店里的那位女售货员，从她那儿我得知，事实果然如此。

"举例来说，有这么一位老绅士，"她告诉我，"几乎每个星期他都要光顾一回，各色各样的布丁他都要尝一点，尽管他从来什么也不买，而且我怀疑他永远也不会买。我记得他从去年甚至前年开始就是这样啦。噢，他要真的那么想尝，让他来好啦，欢迎品尝。我还希望有更多这样的商店，都可以让他分享一份美味。看来他确实需要这些东西，我想，这些商店也不会在乎这点东西。"

人性深处的秘密

她还没说完，这时，就有一位上了年纪的绅士缓步走近柜台，开始兴味浓厚地仔细察看着眼前的一排布丁。

"你瞧，正说到他，这位老先生就到了。"女售货员轻声对我讲，"现在你只需在一旁观看就行啦。"她转身对那人说道："先生，您尝尝这些布丁吗？您可以用这把匙子。"

这位老先生真如小说家笔下的人物，衣冠虽然破旧，却十分整洁。他接过匙子，便开始狼吞虎咽地品尝起各色各样的布丁来，偶尔他也会停下来，从他那件破旧外套的前胸口袋里，掏出一条破烂的大手巾，擦擦他红红的双眼。

"这一种味道很好，"他宣称，当他尝另一种时，又说，"这种也不错，只是稍欠松软。"自始至终都很明显，他真心诚意地相信自己最终会从中挑选出一种的。我确信，他一点也不觉得自己在欺骗商店。可怜的老头儿！大概他已经家道败落，从前他也能够来选购他最喜爱的布丁，然后夹在腋下拿回家去。自从家境衰败以来，他就只能到商店里来品尝品尝味道了。

圣诞节期间的各类商店里，生意兴隆，处处是一派喜气洋洋的景象。老头儿那矮小、黑色的身影，在这种热闹的地方非常不相称，甚是悲哀、可怜。我突然动了恻隐之心。我走上前去，对他说道：

"请原谅，先生。我愿意为您买一个品种的布丁。如蒙赏脸笑纳，我深感欣慰。"

他突然往后一退，仿佛被什么东西刺痛了似的，他那满是皱纹的脸孔一下涨得通红。

"对不起，"他说，其神态之高傲，远非我所能想象得出的，"我想，我与你并不相识。无疑，你是认错人了。"于是，他当机立断，转向女售货员，大声说道："劳驾把这一个替我包装一下，我要带走的。'他指了指最大的也是最贵的一块布丁。

　　女售货员惊讶地从架上取下那块布丁，开始把它包成一包，而他呢，掏了半天才掏出一个破日的黑色小皮夹子，点了点钱数，将几个先令和六便士的硬币放在柜台上。为了顾全"体面"，他竟然不得不买了一块最贵的布丁！这纯粹是"打肿脸充胖子"，因为买下这块布丁，就意味着他得在别的很多事情上省吃俭厝地克扣自己。我这时多么希望能收回刚才那句不得体的话啊！但是，后悔已经晚了，我感到，现在唯有自己走开才是最积德的事。

　　"请到那边台上付款。"女售货员告诉他。他却好像没有听见似的，老是要把钱塞到她手里。这就是我最后见到和听到的有关这位老人的情形。现在，他再也不来这个商店品尝布丁了。

人性深处的秘密

您不信任我

[俄罗斯] 格·戈林 著

出租车把我载到一幢大楼前。

"劳驾,"我对司机说,"先别关计价器,我到公司里去去就回来,然后我们再朝前开。"

司机不满地皱了皱眉,问:"先结账不是更好吗?"

"不,不,我还要继续坐您的车呢。"我说,"瞧您,您不信任我吗?您觉得我会溜掉?"

"我没这么想,"司机说,"什么样的乘客都有嘛!有人会溜走,有人不会溜走……"

我冒火了:"行啊,我把我的公文包留下。可是,您要允许我记下您的车牌号码。"

"您这是干吗?"司机皱起了眉头,"不信任我吗?您认为我会开车溜掉?"

"我没这么想,"我说,"什么样的司机都有!"

"啊!说什么呢?"司机说,"那好!把我的车号记下吧:MT-40-20。不过,您得先让我看看公文包里都有些什么。"

"这又是干吗?"

"免得过后说不清。"

"看吧!"我没好气地说,"喏,里面有文件、书、电动剃须刀。"

"剃须刀是完好的还是坏的?"

"怎么会坏呢? 现在还能用。"

"什么叫'现在还能用'? 我可不打算在这儿测试。"

"谁知道您?"我冷笑一声,"您的胡子正好没刮呢! 脸有点儿浮肿,眼睛是淡色的,左颊上有个瘤……"

"在记我的外貌特征吗?"司机凶巴巴地说,"那好! 我也不会忘了您的! 蒜头鼻子,圆眼睛,两只耳朵不对称……嘴里左边镶着颗假牙……"

"好! 既然事情发展到了这一步,"我也凶巴巴地说,"干脆就来正式的! 这是我的证件: 身份证、通行证、结婚证。拿去吧! 要知道,您可是在和一个正派人打交道。把您的证件也给我!"

"给!"他说,"这是驾驶证、工作证……"

"听我说,"我突然改口道,"您不觉得害臊吗?"

"您呢?"

"我为我们两个感到害臊。"我说。

"我也是,"他说着垂下了眼皮,"收回您的证件吧……"

"您也收回您的……"

"请把公文包拿回去……"

"谢谢。" 我说,"我会把您的车号忘掉的: MT-40-20。"

"让我们都忘了吧。"他说。

我们亲热地相互拍拍肩。"我怎么会把您往坏处想呢？我觉得奇怪。您的脸这么讨人喜欢，眼睛是灰色的，脸颊上有颗痣。"

"您长得也很帅。"他说，"大眼睛，耳朵干干净净……要注意保护牙齿……"

"我一会儿就回来。"我说。

"去吧！"他说，"您不在我挺闷的……"

我们相互温和地笑了笑，随后，我下了车。快走到入口处时，我发现我的通行证不见了。

"真见鬼！"我在心里说，"就是说，他还是扣下了我的通行证以防万一……哼，没什么！他溜不掉的……我也采取了万全之策，我戳破了他的后轮胎……"

红蜡烛和人鱼姑娘

[日本] 小川未明 著　周禅仑 译

一

　　人鱼不光居住在南方的大海里，也曾在北方的大海中生活过。

　　北方的大海一片碧蓝。一次，一个人鱼从海中爬到礁岩上，一边欣赏周围的景色，一边休息。

　　云隙中漏出的月光，冷冷地洒在波涛上。举目四望，巨浪滚滚，茫无涯际。

　　那人鱼心想：这是多么凄凉的景象啊！自己长的模样和人类差不多，同那些鱼类以及栖息在深海下的各种粗野的兽类相比，不论心灵还是外表都更接近于人类，可是自己仍旧不得不和鱼类、兽类为伍，住在寒冷、阴暗、令人沉闷的大海当中。这是为什么呢？

　　那人鱼长年累月连个说话的伙伴都没有，总是在渺茫的憧憬中度过每一天。一想到这点，她就难过得无法忍受。于是她经常在晴朗的月夜，浮出海面，爬到礁石上休息，她的脑海里充满了各种幻想。

人鱼心想：听说人类居住的城镇非常美丽。人类比那些鱼类、野兽更加心地和善，富于同情心。我们虽然栖身在鱼类和野兽当中，但是和人类区别却不大，所以我们一定能够同他们生活在一起。

这是个雌性人鱼，而且已经怀了小人鱼。她想：我们这些大人鱼长期生活在凄凉无伴的北方的蓝色大海里，移居到明亮、热闹的地方生活已经无法指望，可是决不能再让即将出生的孩子遭受这种孤独、痛苦的折磨呀！

离开孩子，孤苦伶仃地住在大海中，是非常痛苦的事。可是不管孩子走到哪里，只要她能幸福地生活，就是我最大的喜悦。

听说人类是这个世界上最善良的种族，他们决不欺负、虐待那些可怜的无依无靠的弱者；还听说他们一旦收留了你，决不会再把你抛弃。而且，人鱼的头脸酷似人类，腰部以上的躯体也和人类完全一样，这样看来，人鱼是能够在人类世界中生活下去的。何况我们在野兽当中都能生活呢！她觉得人类只要肯收养小人鱼，就决不会无情无义地把她抛弃的……

这就是人鱼的一桩心事。

她怀着至少让孩子在热闹、明亮、美丽的城市中长大成人的愿望，一心要到陆地上生小孩。她知道这样一来，虽然可能再也见不到自己的孩子，可是孩子却能因此和人类一起过上幸福的生活。

在遥远的海边上有座小山，山顶有个神社，从波浪和波浪的空隙间隐隐约约看得见神社里灯光闪烁。一天夜里，母人鱼为了生下小人鱼，顶着风浪，越过漆黑、冰冷的海面，向陆地游来。

二

海边有个小小的城镇，城里有各种各样的店铺。神社所在的小山下面有个卖蜡烛的小铺。

铺子里住着一对老夫妇。老爷爷在后屋做蜡烛，老奶奶就在前面卖。镇上的人，还有路过的渔民们去参拜神社时，总要到铺子里买好蜡烛，然后再上山。

山上长着一片松林。神社就坐落在这片松林中间。海风吹打着松林，呼呼的响声昼夜不停。神社每晚都要点燃蜡烛，人鱼已经远远地从海面上望到了这闪烁的灯光。

一天夜里，老奶奶对老爷爷说道："我们过的日子全靠神仙保佑啊。这山上要是没有神社，咱们的蜡烛就不可能卖出去。所以咱们要感谢神仙的恩德，趁这工夫，我上山去拜那神仙吧！"

老爷爷回答说："说得对！我也是天天在心里感激神仙的功德呢！可是因为事情太忙，没能常去神社参拜。还是你想得周到，就在神仙面前把我这番心意也表一表吧！"

老奶奶步履艰难地走出家门。

屋外月光如洗，大地被照得像白昼一样明亮。老奶奶拜完神仙往山下走的时候，听到台阶下有婴儿在啼哭。

真可怜，是个弃婴。什么人把孩子丢到这种地方？不过说来也巧，这孩子在我拜完神仙回来的路上看见，说不定有什么缘分呢。如果我瞅着不管，神会怪罪的。

一定是神仙知道我们夫妻无儿无女，所以赐给我们一个孩子。我先把她抱回去和老头子商量商量，把她养在家里吧！她心中这么想着，就从地上抱起婴儿往回走，口中念道："噢噢！瞧，多可怜的孩子！"

老奶奶抱着婴儿进了屋，她把拾到婴儿的经过一五一十地说了一遍，老爷爷听完后说道：

"这正是神仙赐给咱们的孩子，咱们要把她精心喂养好，不然神仙会怪罪的。"

老夫妻俩就这样把孩子收留下来，并精心喂养着。这婴儿是女孩，腰部以下和人体不同，是鱼的形状，所以老爷爷和老奶奶都断定她一定是传说中的人鱼。

"这孩子不像是人类的后代……"老爷爷用怀疑的目光瞅着婴儿，说道。

老奶奶接着说："我也这么想。不过尽管不是人类的后代，可你瞧她是个多么温和、多么可爱的小姑娘呀！"

老爷爷又说道："好啦，不管是谁的后代，既然是神仙赐给的孩子，我们就尽心尽意地抚养吧！她长大一定是个聪明听话的乖孩子。"

从此以后，老两口儿便如珍似宝地喂养着小姑娘。小姑娘随着年龄的增长，眼珠变得黑黑的，头发也非常漂亮，肤色白里透红，又秀气，又聪明。

三

姑娘已经长大了，可是她为自己的形体有些异常而害羞，从不愿在人前露面。姑娘的容貌生得非常俊美，凡是见过一面的人没有不惊叹的，也有人为了再看一眼姑娘，特意来小铺买蜡烛。老爷爷和老奶奶对他们说道："我家姑娘少言寡语，又爱羞，她不愿出来见人。"

老爷爷在铺子后屋加紧制作蜡烛。姑娘心想：要是自己随意在蜡烛上描绘出美丽的图案，人们定会高高兴兴地来购买。

她向老爷爷说了自己的想法。老爷爷回答说："那就试试看，你喜欢画什么就画什么吧！"

姑娘从来没有学过绘画。她有生以来第一次使用鲜艳的红彩，在雪白的蜡烛上画出了很漂亮的鱼、贝以及水草之类的图案。老爷爷看到姑娘的画，大为吃惊。那画里充满了奇异的力量，具有一种说不出的美妙。

老爷爷万分感叹地和老奶奶说："她画得这么出色是当然的，她是人鱼嘛！本来就不属于人类。"

"买花蜡烛！"从早到晚，也不论大人或小孩，来铺子买蜡烛的人络绎不绝。彩绘的蜡烛受到所有人的喜爱。

就在这时，又传出一个神奇的故事。人们在小山的神社里点上彩绘的蜡烛，然后把烧剩的蜡油带在身边，出海打鱼时，不论多么厉害的暴风雨天，也不会遭到船覆人溺的灾难。这件事不知什么时候，一传十，十传百，在人们当中传扬开来。镇上的人说："那神社供着海神呀！给神仙点上漂亮的蜡烛，神仙自然也高兴喽！"

由于蜡烛销路好，小铺子的老爷爷从早到晚拼命赶制蜡烛，姑娘在老爷爷身旁，忍着手上的疼痛，不停地往蜡烛上描画着彩图。

老两口儿的善良心地使姑娘非常感动，姑娘那又黑又大的眼睛时常含着热泪。她心想：尽管自己不属于人类，可是受到两位老人如此精心的抚养、疼爱，这恩情自己是永世不能忘的。

这件事连远方的村镇都知道了。远方的船员，还有渔夫们，为了得到敬神用的彩蜡烛烧剩的蜡油，不远千里来到这里。他们买好蜡烛，去登山拜神，把点着的蜡烛献给神仙，等待蜡烛燃尽之后，带着剩下的蜡油返回家乡。因此，不管夜间还是白昼，山上的神社从未断过灯火。特别是晚间，那灯火的光芒显得更加美丽，从遥远的海上也瞧得见。

"这神仙真叫人感恩不尽哪！"海神的名声很快传开，这座小山也突然有了名气。

神仙的香火这么旺盛，却没有人想到一心一意往蜡烛上画彩图的姑娘，因而也没有同情、可怜这姑娘的人。姑娘劳累的时候，常常在美丽的月夜，把头伸出窗外，眼窝含着泪水，眷恋地望着那远在北方的蓝色的大海。

四

有一次，从南方国家来了个江湖商人。他想从北方的国家买些稀奇珍贵的东西，带到南国赚取大钱。

这个江湖商人不知是从哪儿打听到的，还是他什么时候见过姑娘的面，他看出姑娘不是人类，而是世间少有的人鱼。一天，他偷偷来到老两口儿跟前，背着姑娘，说道："我出大价钱，你们把人鱼卖给我吧！"

老两口儿最初执意不肯，觉得这姑娘是神仙赐给的，不能卖掉。如果卖了，神仙要怪罪的。江湖商人一再碰钉子，可仍不死心。

一天他又来到老两口儿跟前，煞有介事地说道："这人鱼，古来就不是吉祥之物，趁早卖掉吧，不然一定要遭殃的！"

老两口儿听商人这么一说，信以为真了，又听说能赚大钱，便鬼迷心窍，答应把姑娘卖给他。

江湖商人讲好过几天来接姑娘，就兴高采烈地回去了。

当姑娘知道自己已被卖掉时，十分诧异，寡言少语的善良姑娘，害怕离开这个家，去那远隔千里、炎热而又陌生的南国。

她哭着哀求老两口儿说："我什么活都能干。请两位老人千万不要把我卖到那陌生的地方去。"

可是已经变得无情无义的老两口儿，怎么也不答应姑娘的请求。

姑娘一如既往地闭门不出，专心致志地往蜡烛上画彩图。

老两口儿看到这种情景，也无动于衷，既不觉得可爱，也不觉得可怜。

一个月色明亮的夜晚，姑娘独自听着波涛的轰鸣声，思考着自己的前途，不觉悲痛起来。她听着听着，觉得远方有人在呼唤自己。于是她从窗户向外看了看，外边只有映着月光的无边无际的蓝色大海。

姑娘又坐下来，继续画蜡烛画。这时，铺子前边突然喧闹起来。原来是那个江湖商人定于今夜来接姑娘。商人的车上载着一个装有铁丝网的方木箱。这只木箱曾装运过老虎、狮子以及豹子等动物。

江湖商人说，善良的人鱼也是海中兽类，所以要把她同老虎、狮子一样对待。姑娘过一会儿看到木箱一定会吓得魂不附体的。

　　姑娘这会儿还毫不知情，继续在那儿俯首描画。就在此时，老爷爷和老奶奶走进屋来领姑娘。他们说："喂！你该走了！"

　　由于他们催促得很紧，姑娘没来得及给手上的蜡烛画上彩图，只是把整根蜡烛涂成了红色。

　　姑娘留下了两三根红蜡烛，作为这段辛酸历史的纪
念，然后离开了家门。

五

　　一个非常寂静的夜晚，老爷爷和老奶奶已经闭门睡觉了。

　　咚、咚、咚！半夜时分，有人来敲门。上了年纪的人，睡眠很轻，听到叩门声，老两口儿心中疑惑。老奶奶问道："谁呀？"

　　但是没有回答。咚、咚、咚！继续叩门。

　　老奶奶起来，轻启门扇，从缝隙中向外一看，一个长得很白净的女人站在门口。

　　女人是来买蜡烛的。老奶奶是个见钱眼开的人，哪怕赚个一分半文，她也高兴。

　　老奶奶把蜡烛盒拿到女人面前。这时她大吃一惊：那女人长长的黑发上挂满水珠，映着月光，晶莹闪亮。女人从盒中取出红蜡烛，死盯着看了一会之后，付了钱，就把它拿走了。

　　老奶奶在灯下仔细地瞧了瞧那钱币，原来不是真钱，而是贝壳。她认为自己上了当，就气呼呼地追了出去。可是那女人已经无影无踪了。

当天夜里，天色突变，海上刮起了罕见的大风，下起了特大暴雨。此时江湖商人正泛舟大海，船上载着装人鱼姑娘的木笼。

老爷爷和老奶奶在家里战战兢兢地说道："这么大的风雨，恐怕那条船要翻在海里的！"

天放亮之后，大海中仍然是一片漆黑恐怖的景象。当天晚上有无数船只遇难。

奇怪的是，打那以后，只要山上的神社点起红蜡烛，到了夜里，不论怎样好的天气，也会马上转为猛烈的暴风雨。红蜡烛变成了不祥之物。蜡烛铺的老两口说这是天诛神罚，从此再也不卖蜡烛了。

可是，从那以后，也不知是什么人，常给神社点上红蜡烛。过去，只要谁拿到这神社中烧剩的蜡油，谁就会在海上消灾弭祸；如今只要看一眼红蜡烛，这人必将身遭大难，淹死在大海里。

这消息很快在人们当中传开之后，再也没人去参拜山上的神社了。昔日那圣洁灵验的神仙，现在成了一方的凶神恶煞。而且没一个人不怨恨地说：这个镇上要是没这神社就好了。

船员们只要从海上望到神社所在的小山，就感到畏惧。到了夜间，这一带海面更是一番可怕的景象：惊涛骇浪一望无际；每当那巨浪撞碎在岩礁上时，便激起团团白色飞沫；那月光透过云隙照到波涛上的情景实在令人毛骨悚然。

在一个漆黑、不见一丝星光的雨夜，有人看见波浪上漂浮着红蜡烛的火光。这火光渐渐地升往高处，朝着山顶的神社时隐时现地游动而去……

没过几年，山下的那个城镇便完全衰落荒废了。

100

白 马

[日本] 小川未明 著　李佩　刘子敬 译

一

　　次郎家中很穷。他七岁就开始上街卖花。

　　近来天气很好，已带些春意。次郎每天都要拿着小花篮走遍繁华的市中心和不太热闹的市郊区，嘴里喊着："买花呀，请买点花儿吧！"有些心地善良的妇女和姑娘看他年纪这样小就出来卖花，觉得怪可怜的，就经常笑着叫住他："花老板，小花老板！卖给我点花儿吧！"

　　可是，一到晴天，人们一般都出去游玩，他们个个兴高采烈，好像根本听不见次郎的叫卖声。所以，有的时候，次郎跑了一天也卖不出去几朵花。

　　次郎的母亲是个贪得无厌的人，看到次郎赚了钱回来就眉开眼笑；看到次郎没卖出多少花，就找碴儿训斥次郎。

　　次郎害怕看见花卖不出去的时候母亲那难看的脸色。

　　有一天，次郎一大早就到街上叫卖，可是很少有人买。于是，次郎向一个比较偏僻的地方走去。虽说地方偏僻点儿，但总还有些人家。

"买花儿呀，买花儿呀……"次郎一边走一边小声吆喝着。

天空蓝蓝的，太阳挂在南边天上，闪耀着光辉。没有一丝风，实在是个好天。前边有座桥，桥那边是一片原野。

对面走来一位老太太。老太太的个子真矮，次郎从来没见过这么矮的老太太。老太太走过桥。

二

老太太的头上紧紧地包了一块布，真像传说中的一幅俄罗斯老太太的画像。她手里拄着拐杖。

老太太看了次郎一眼，问道："你几岁了？"

"今年七岁了。"

"真好，这么小的年纪就出来卖花儿。我把你的花儿全部买下来吧。我现在去扫墓，就把这些花儿献到那些我认识的、现在已死去的人的墓上去吧。我所认识的人，差不多都进棺材啦！"老太太说着，真的把花全部买去了。

老太太一手拿着花，一手拄着拐杖，颤颤巍巍地往路那边走去。

这天次郎回到家，他母亲看到花都卖出去了，高兴极了。

贪得无厌的母亲对次郎说："明天也必须把花全部卖光！"

第二天，次郎又到街上卖花。他来到昨天和老太太

人性深处的秘密

相遇的桥头。次郎想：但愿今天老太太还来，把花都买去。他正想着，老太太来了。

"你多大了？"老太太问。她把昨天的事忘得一干二净了。

"今年七岁。"

"真行，小小年纪就出来卖花。"老太太说着，把花全买下了。老太太自言自语地说："我现在就去扫墓。我认识的人的坟墓太多了，这些花儿根本不够。"说罢，老太太拄着拐杖走了。

次郎回到家，又把今天的事告诉了母亲。

三

贪得无厌的母亲对次郎说："明天老太太再问你几岁了，你就说六岁！"

天亮以后，次郎提着花篮上街了。他在街上走着，到了和前两天一样的时间，就来到桥头，正好遇见老太太从桥上走过。

老太太问次郎："你多大啦？"她把昨天、前天的事都忘了。

次郎心里觉得撒谎不好，可是母亲教他一定这样说，就回答："今年六岁。"

"真行，小小年纪就出来卖花儿。让我出高价把你的花儿全买下来吧！"老太太给次郎很多钱。

"现在我要为我的熟人扫墓去。"老太太说着，拄着拐杖走了。

次郎拿着钱回家了。他把事情的经过告诉了母亲。

母亲听后大笑着说：“这个老太太糊涂啦！明天她要是再问你多大，你就回答说五岁！”

第二天天一亮，次郎又出来卖花。到了和昨天一样的时间，他来到桥头。老太太已经骑着一匹白马来到这儿了。老太太下马来问次郎：“你多大啦?”

“今年五岁。”次郎说完，脸发红，心发跳。

“五岁? 你真是个世上少见的好孩子。来! 骑上这匹白马，别待在这儿啦，我让它把你送到一个好地方去!”老太太让次郎骑上白马，领他到一个什么地方去了。

次郎的母亲看见儿子丢了，拼命地找呀找，可是怎么也找不到。

据说，次郎骑着白马的身影经常浮现在桥下静静的水面上。

牵手阅读

人性即人类天然具备的精神属性。文学是人学，它自然要研究和表现人性。人性是很复杂的，即使一个看上去很单纯的人，也不可能被人一眼看透。每个人都像一座冰山，通常我们看到的只是其行为层面，即露出水面的一小部分，而其行为背后更深层的期待和欲望，则是水下更大的部分，也是更真实、本真的部分。例如上文那位品尝布丁的穷绅士，看似骗吃，让人既讨厌又同情，但是他最终却拒绝施舍，捍卫了生命的尊严；《您不信任我》醒目地揭示了失去诚信的现代人都可能患上可怕的多疑症；《红蜡烛和人鱼姑娘》、《白马》分别从不同的角度，反映了人类自私贪婪的本性。

文学是人类灵魂的雕刻师，它永远呼唤着真善美。作家揭示人性的目的，是为了净化人们的心灵。于是在作家的笔下，贪婪者都得到了应有的惩罚，品尝布丁的老绅士的壮举唤起了卑微者的生命尊严，揭露和嘲讽多疑症则是对现代诚信的热情呼唤……

　　古希腊哲学家、数学家阿基米德曾说："给我一个支点，我就能撬动地球。"每个人都需要找到自己的生命支点，这样人生才有着力点，生命才能演绎得更精彩。

一碗清汤荞麦面

[日本] 粟良平 著　文明 译

　　对面馆来说，最忙的时候，要算是大年夜了。北海亭面馆的这一天，也是从早就忙得不亦乐乎。

　　平时直到深夜十二点还很热闹的大街，大年夜晚上一过十点，就很宁静了。北海亭面馆的顾客，此时也像是突然都失踪了似的。

　　就在最后一位顾客出了门，店主要关门打烊的时候，店门被咯吱咯吱地拉开了。一个女人带着两个孩子走了进来。这两个六岁和十岁左右的男孩子，都穿着一身崭新的运动服，女人却穿着不合时令的斜格子短大衣。

　　"欢迎光临！"老板娘上前去招呼。

　　"请问……清汤荞麦面……一碗……可以吗？"女人怯生生地问。那两个小男孩躲在妈妈的身后，也怯生生地望着老板娘。

　　"行啊！请，请这边坐。"老板娘说着，一边领他们母子三人坐到靠近暖气的二号桌，一边向柜台里面喊，"清汤荞麦面一碗——"

给生命一个支点

听到喊声的老板，抬头瞥了他们三人一眼，应声回答道：

"好嘞！清汤荞麦面一碗——"

案板上早就准备好了面条，一堆堆的象小山一样，一堆是一份。老板抓起一堆面，继而又加了半堆，一起放进锅里。老板娘立刻领悟到，这是丈夫特意多给这母子三人的。

热腾腾、香喷喷的清汤荞麦面一上桌，母子三人立即围着这碗面，头碰头地吃了起来。

"真好吃啊！"哥哥说。

"妈妈也吃呀！"弟弟夹了一筷子面，送到妈妈口中。

不一会儿，面吃完了，女人付了一百五十元钱。

"承蒙款待。"母子三人一起点头谢过，出了店门。

"谢谢，祝你们过个好年！"老板和老板娘应声答道。

过了新年的北海亭面馆，每天照样忙忙碌碌。一年很快过去了，转眼又是大年夜。

和以前的大年夜一样，忙得不亦乐乎的这一天就要结束了。过了晚上十点，面馆正想打烊，店门又被拉开了，一个女人带着两个男孩走了进来。

老板娘看见女人身上那件不合时令的斜格子短大衣，就想起去年大年夜最后那三位顾客。

"……这个……清汤荞麦面一碗……可以吗？"

"请，请到里边坐。"老板娘又将他们带到去年的那张二号桌，"清汤荞麦面一碗——"

"好嘞！清汤荞麦面一碗——"老板应声回答，并将已经熄灭的炉火重新点燃起来。

"喂，孩子他爹，给他们下三碗，好吗？"

老板娘在老板耳边轻声说道。

"不行，如果这样的话，他们也许会尴尬的。"

老板说着，抓了一份半的面下了锅。

桌上放着一碗清汤荞麦面，母子三人边吃边谈，柜台里的老板和老板娘也能听到他们的声音。

"真好吃……"

"今年又吃到北海亭的清汤荞麦面了。"

"明年还能来吃就好了……"

吃完后，女人付了一百五十元钱。老板娘对着他们的背影说道："谢谢，祝你们过个好年！"

这一天，被这句说过几十遍乃至几百遍的祝福送走了。

生意日渐兴隆的北海亭面馆，又迎来了第三个大年夜。

从晚上九点半开始，老板和老板娘虽然谁都没说什么，但都显得有点心神不定。十点刚过，雇工们下班走了，老板和老板娘立刻把墙上挂着的各种面的价格牌一一翻了过来，赶紧写好"清汤荞麦面一百五十元"。其实，从当年夏天起，随着物价的上涨，清汤荞麦面的价格已经是两百元一碗了。

二号桌上，在三十分钟以前，老板娘就已经摆好了"预约"的牌子。

到十点半，店里已经没有客人了，但老板和老板娘还在等候着那母子三人的到来。他们来了。哥哥穿着中学生的制服，弟弟穿着去年哥哥穿的那件、略有些大的旧衣服，兄弟二人都长大了，有点认不出来了。母亲还是穿着那件不合时令的有些褪色的短大衣。

"欢迎光临。"老板娘笑着迎上前去。

"……啊……清汤荞麦面两碗……可以吗？"母亲怯生生地问。

"行！请里边坐！"

老板娘把他们领到二号桌，顺手将桌上那块预约牌藏了起来，对柜台喊道：

"清汤荞麦面两碗——"

"好嘞！清汤荞麦面两碗——"

老板应声答道，把三碗面的量放进锅里。

母子三人吃着两碗清汤荞麦面，说着，笑着。

"大儿，淳儿，今天，妈妈我想要向你们道谢。"

"道谢？向我们？为什么？"

"你们也知道，你们的父亲死于交通事故，生前欠下八个人的钱。我把抚恤金全部用于还债，还不够的部分，就每月五万元分期偿还。"

"是呀，这些我们都知道。"

老板和老板娘在柜台里，一动不动地凝神听着。

"剩下的债，本来约定到明年三月还清，可实际上，今天就可以全部还清了。"

"啊！这是真的吗，妈妈？"

"是真的。大儿每天送报支持我，淳儿每天买菜烧饭帮我忙，所以我能够安心工作。因为我努力工作，得到了公司的特别津贴，所以现在能够全部还清债款。"

"好啊！妈妈，哥哥，从现在起，每天烧饭的事还是包给我了！"

"我也继续送报。弟弟，我们一起努力吧！"

"谢谢，真是谢谢……"

"我和弟弟也有一件事瞒着妈妈，今天可以说了。那是在十一月的一个星期天，我到弟弟学校去参加家长会。那时，弟弟已经藏了一封老师给妈妈的信……弟弟写的作文如果被选为北海道的代表，弟弟就能参加全国的作文比赛。正因为这样，家长会的那天，老师要弟弟自己朗读这篇作文。老师的信如果给妈妈看了，妈妈一定会向公司请假，去听弟弟朗读作文，于是，弟弟就没有把这封信交给妈妈。这事，我还是从弟弟的朋友那里听来的。所以，家长会那天，是我去的。"

"哦，是这样……那后来呢？"

"老师出的作文主题是'你将来想成为怎样的人'。全体学生都写了，弟弟的题目是《一碗清汤荞麦面》，一听这题目，我就知道写的是北海亭面馆的事。当时我就想，弟弟这家伙，怎么把这种难为情的事都写出来了！

"作文写的是，父亲死于交通事故，留下一大笔债，妈妈每天从早到晚拼命工作，我去送早报和晚报……弟弟全写了出来。

"接着又写，十二月三十一日的晚上，母子三人吃一碗清汤荞麦面，非常好吃……三个人只买一碗清汤荞麦面，面馆的叔叔阿姨还是很热情地接待我们，谢谢我们，还祝福我们过个好年。在弟弟听来，那祝福的声音分明是在对他说：'不要低头！加油啊！要好好活着！'因此，弟弟长大成人后，想开一家日本第一的面馆，也要对顾客说'加油啊'、'祝你幸福'、'谢谢'。弟弟大声地朗读着作文……"

此刻，柜台里竖着耳朵、全神贯注地听母子三人说话的老板和老板娘不见了。在柜台后面，只见他们两人面对面地蹲着，一条毛巾，各执一端，正在擦着夺眶而出的眼泪。

"作文朗读完后，老师说：'今天淳君的哥哥代替他母亲来参加我们的家长会，现在我们请他来说几句话……'"

"这时哥哥都说了些什么？"

"因为突然被叫上去发言，一开始，我什么也说不出……

"'大家一直和我弟弟很要好，在此，我谢谢大家。弟弟每天要做晚饭，只能放弃兴趣小组的活动，提前回家。我做哥哥的，感到很难为情。刚才，弟弟刚开始朗读《一碗清汤荞麦面》的时候，我感到很丢脸，但是，当我看到弟弟激动地大声朗读的样子，我心里更感到羞愧。这时我想，决不能忘记妈妈买一碗清汤荞麦面的勇气。我们兄弟二人一定要齐心协力，照顾好我们的妈妈！希望大家以后也能够和我弟弟做好朋友。'我就说了这些……"

母子三人，静静地，互相握着手，良久，继而又欢快地笑了起来。和去年相比，他们像是完全变了个模样。

作为年夜饭的清汤荞麦面吃完了，女人付了三百元。

"承蒙款待。"母子三人深深地低头道谢，走出了店门。

"谢谢，祝你们过个好年！"

老板和老板娘大声向他们祝福，目送他们远去……

又是一年的大年夜降临了。北海亭面馆里，晚上九点一过，二号桌上又摆上了"预约"的牌子，等待着母子三人的到来。可是，这一天始终没有看到他们三人的身影。

一年，又是一年，二号桌始终默默地等待着，可母子三人还是没有出现。

北海亭面馆因为生意越来越兴隆，店内重新进行了装修。桌子椅子都换了新的，可二号桌却依然如故，老板夫妇不但没感到不协调，反而把二号桌安放在店堂的中央。

"为什么把这张旧桌子放在店堂中央？"有的顾客感到奇怪。

于是，老板夫妇就把"一碗清汤荞麦面"的故事告诉他们，并说，这张桌子是对自己的一种激励。而且，说不定哪天那母子三人还会来，到时候，还想用这张桌子来迎接他们。

就这样，二号桌被顾客们称作"幸福的桌子"，二号桌的故事也在到处传颂着。有人特意从老远的地方赶来，有女学生，也有年轻的情侣，都要到二号桌吃一碗清汤荞麦面。二号桌也因此名声大振。

时光流逝，年复一年。这一年的大年夜又来到了。

这时，北海亭面馆已经是这条街商会的主要成员，大年夜这天，亲如家人的朋友、近邻、同行，结束了一天的工作后，都来到北海亭面馆，在这里吃过年面，听着除夕夜的钟声，然后亲朋好友聚集起来，一起到附近的神社去烧香磕头，以求神明保佑。这种情形，已经有五六年了。

今年的大年夜当然也不例外。晚上九点半一过，以鱼店老板夫妇捧着装满生鱼片的大盘子进来为信号，平时的街坊好友三十多人，也都带着酒菜，陆陆续续地汇集到北海亭。店里的气氛一下子热闹起来。

知道二号桌由来的朋友们，嘴里没说什么，可心里都在想着，今年二号桌也许又要空等了吧？那块"预约"的牌子，早已悄悄地放在了二号桌上。

狭窄的坐席之间，客人们一点一点地移动着身子坐下，有人还招呼着迟到的朋友。大家吃着面，喝着酒，互相夹着菜。有人到柜台里去帮忙，有人随意打开冰箱门拿东西。晚上十点半时，面馆里的热闹气氛达到了高潮。什么打折信息啦，海水浴场的艳遇啦，添了孙子啦之类的话，店里已是人声鼎沸。就在这时，店门被咯吱咯吱地拉开了。人们都向门口望去，屋里突然静了下来。

两位西装笔挺、手臂上搭着大衣的青年走了进来。这时，大伙才都松了口气，随着轻轻的叹息声，店里又恢复了刚才的热闹。

"真不凑巧，店里已经坐满了。"老板娘面带歉意地说。

就在老板娘拒绝两位青年的时候，一个身穿和服的女人，深深埋着头走了进来，站在两位青年的中间。店里的人们，一下子都屏住了呼吸，耳朵也竖起来了。

"啊……三碗清汤荞麦面，可以吗？"穿和服的女人平静地说。

听到这话，老板娘的脸色一下子变了。十几年前留在脑海中的母子三人的印象，和眼前这三人的形象重叠了起来。

老板娘指着三位来客，目光和正在柜台里忙碌的丈夫的目光撞到一处。

"啊……啊……孩子他爹……"

面对着不知所措的老板娘，青年中的一位开口了：

"我们就是十四年前的大年夜，母子三人共吃一碗清汤荞麦面的顾客。那时，就是这一碗清汤荞麦面的鼓励，使我们三人同心协力，度过了艰难的岁月。这以后，我们搬到母亲的老家滋贺县去了。"

"我今年通过了国家医生资格考试，现在在京都的大学医院当实习医生。明年四月，我将到札幌的综合医院工作。还没有开面馆的弟弟，现在在京都的银行里工作。我和弟弟经过商量，计划了这生平第一次的奢侈行动。就这样，今天我们母子三人，特意赶到札幌的北海亭，想要麻烦你们煮三碗清汤荞麦面。"

边听边点头的老板夫妇，泪珠一串串地掉下来。

坐在门边的蔬菜店老板，嘴里含着一口面听了半天，直到这时才把面咽下去，站起身来。

"喂！喂！老板娘，你呆站在那里干什么？这十年的每一个大年夜，你不是都准备好了迎接他们吗？快，快请他们入座，快！"

被蔬菜店老板用肩头一撞，老板娘才清醒过来。

"欢……欢迎，请……请坐……孩子他爹，二号桌清汤荞麦面三碗——"

"好嘞——清汤荞麦面三碗——"泪流满面的丈夫差点应不出声来。

店里，突然爆发出一阵不约而同的欢呼声和鼓掌声。

店外，刚才还在纷纷扬扬飘着的雪花，此刻也停了。皑皑白雪映着明净的窗子，那写着"北海亭"的布帘子，在正月的清风中，摇着，飘着……

一颗豆粒

[日本] 铃木健二 著　亦萍 译

　　我认识一位视一颗豆粒为自己生存意义的夫人。

　　她大儿子上小学三年级、二儿子上小学一年级的时候，悲剧降临她家：丈夫因交通事故身亡。这是一次非常微妙的交通事故，丈夫不仅自己身亡，而且最后还被法庭判成了加害者。为此，她只得卖掉土地和房子来赔偿。

　　母亲和两个孩子背井离乡，辗转各地，好不容易得到某一家人的同情，把一个仓库的一角租借给他们母子三人居住。

　　只有三张榻榻米大小的空间里，她铺上一张席子，拉进一个没有灯罩的灯泡，一个炭炉，一个吃饭兼孩子学习两用的小木箱，还有几床破被褥和一些旧衣服，这是他们的全部家当。

　　为了维持生活，妈妈每天早晨六点离开家，先去附近的大楼做清扫工作，中午去学校帮助学生发食品，晚上到饭店洗碟子。结束一天的工作回到家里，已是深夜十一二点了。于是，家务的担子全都落在了大儿子身上。

为了一家人能活下去，母亲披星戴月，从没睡过一个安稳觉，生活还是那么清苦。他们就这样生活着，半年、八个月、十个月……做母亲的哪能忍心让孩子这样苦熬下去呢？她想到了死，想和两个孩子一起离开人间，到丈夫所在的地方去。

有一天，母亲泡了一锅豆子，早晨出门时，给大儿子留下一张条子："锅里泡着豆子，把它煮一下，晚上当菜吃，豆子烂了时少放点酱油。"

这天，母亲干了一天活，累得疲惫不堪，实在失去了活下去的勇气。她偷偷买了一包安眠药带回家，打算当天晚上和孩子们一块死。

她打开房门，见两个儿子已经钻进席子上的破被褥里，并排入睡了。

突然，母亲发现当哥哥的枕边放着一张纸条，便有气无力地拿了起来。上面这样写道：

"妈妈，我照您条子上写的那样，认真地煮了豆子，豆子烂时放进了酱油。不过，晚上盛出来给弟弟当菜吃时，弟弟说太咸了，不能吃。弟弟只吃了点冷水泡饭就睡觉了。

"妈妈，实在对不起。不过，请妈妈相信我，我的确是认真煮豆子的。妈妈，求求您，尝一粒我煮的豆子吧。妈妈，明天早晨不管您起得多早，都要在您临走前叫醒我，再教我一次煮豆子的方法。

"妈妈，今晚上您也一定很累吧，我心里明白，妈妈是在为我们操劳。妈妈，谢谢您。不过请妈妈一定保重身体。我们先睡了。妈妈，晚安！"

泪水从母亲的眼里夺眶而出。

"孩子年纪这么小，都在顽强地伴着我生活……"母亲坐在孩子们的枕边，伴着眼泪一粒一粒地品尝着孩子煮的咸豆子。一种必须坚强地活下去的信念从母亲的心里升腾起来。

摸摸装豆子的布口袋，里面正巧剩下倒豆子时残留的一粒豆子。母亲把它掏出来，包进大儿子给她写的信里，她决定把它当作护身符带在身上。

十几年的岁月流逝而去，兄弟俩长大成人。他们性格开朗，为人正直，双双毕业于妈妈所憧憬和期望的一流国立大学，并找到了满意的工作。

直到如今，那一粒豆子和信，仍时刻不离地带在这位母亲身上。

难忘的零分

[美国] 克劳德·斯宾博克 著　江明 译

　　怀特森先生是我六年级时的自然课老师。第一次上课的时候，他给我们讲述了一种猫科动物——"凯迪普旺斯"。他说，那是一种生活在冰川时期的昼伏夜行的动物，后来由于不能适应自然条件的变化而灭绝了。他一边讲述，一边还让我们传看这种动物的头盖骨，并要求我们认真记笔记。接着，我们还针对这种动物进行了一次课堂测验。

　　当批改后的测验卷子发下来之后，我顿时目瞪口呆了——在我写下的每一个答案后面，竟然都被画上了一个刺眼的红"×"。我得了0分！可这不公平，因为每一道题我都是根据我的课堂笔记回答的。而且，吃惊的并不是我一个人，我们班上的所有同学都得了0分。这到底是怎么一回事呢？

　　"很简单，"怀特森先生说，"因为世界上从来就不曾存在过这种名为'凯迪普旺斯'的动物，而是我自己编造出来的。因此，你们在课堂上所记的只是一些毫无

给生命一个支点

价值的东西。既然没价值，怎么能给分呢？"我们却感到委屈极了：这算什么测验？这算什么教师？

但怀特森先生似乎根本不理会我们的心情。他说，每一个人都应该具备独立思考和独立判断事物真伪的能力，同时也应该具备怀疑的能力。他告诉我们，当时他让我们传看的只是一个普普通通的猫的头盖骨，并且，就在那堂课上他还提醒我们：到目前为止，世界上从未发现过这种动物的痕迹——"那么，这个头盖骨是从哪儿来的呢？"可是，当时我们中间居然没有一个人提出疑问。"其实，我的破绽还有很多，其中包括'凯迪普旺斯'这个古怪的名字，可你们却都深信不疑。"他说。为此他强调，本次测验的0分记录都将写进每一个人的成绩报告单中。同时，他希望我们从这个0分中汲取教训，无论何时何地都不要让自己的脑袋"休眠"，一旦对老师的讲述或教科书产生疑问时，就应当勇敢地说出来。

从此，自然课对于我们来说就成了一种"冒险"。怀特森先生总是想方设法地让我们来接受他的挑战。有时，为了驳倒他的一个貌似正确的"论点"，我们常常会在课后花费好几个小时甚至几天的时间去思考和论证。然而，正是在这种既饶有趣味而又充满刺激的过程中，我们逐渐增长了见识，也逐渐懂得了如何去接近真理。

这是个终身受益的教训。尽管后来我在自然科学领域没有什么建树，但是，怀特森先生让我还有我的同学明白了一个重要的道理：不要迷信书本，也不要迷信权威。

最好的礼物

[美国] 艾尔伯·豪斯 著

喜剧演员戴维·布瑞纳出生于一个贫穷但很和睦的家庭。在中学毕业时，他得到了一份难忘的礼物。

"我的很多同学得到了新衣服，有些富家子弟甚至得到了新的轿车。"他回忆说，"当我跑回家，问父亲我可以得到什么礼物时，父亲把手伸进上衣口袋，取出一样东西———一枚硬币，轻轻地放到我的手上。

"父亲对我说：'用这枚硬币买一份报纸，一字不漏地读一遍，然后翻到分类广告栏，自己找一个工作。到这个世界去闯一闯，它现在已经属于你了。'

"我一直以为这是父亲同我开的一个天大的玩笑。几年后，我去部队服役，当我坐在散兵坑道认真回首我的家庭和我的生活时，我才认识到父亲给了我一个什么样的礼物。我的那些朋友得到的只不过是轿车或者新衣服，但是父亲所给予我的却是整个世界。这是我得到的最好的礼物。"

欣赏你的孩子

佚名 著

她第一次参加家长会时，幼儿园的老师对她说："你的儿子有多动症，在板凳上连三分钟都坐不了，你最好带他去医院看一看。"回家的路上，儿子问她，老师都说了些什么，她鼻子一酸，差点流下泪来。然而，她还是告诉儿子："老师表扬你了，说宝宝原来在板凳上坐不了一分钟，现在能坐三分钟。其他妈妈都非常羡慕妈妈，因为全班只有宝宝进步了。"那天晚上，她儿子破天荒地吃了两碗米饭，并且没让她喂。

儿子上小学了，家长会上，老师说："这次数学考试，全班50名同学，你儿子排第47名，我们怀疑他智力上有些障碍，你最好能带他去医院查一查。"回去的路上，她流下了泪。然而，当她回到家里，却对坐在桌前的儿子说："老师对你充满信心。他说了，你并不是个笨孩子，只要能细心些，就会超过你的同桌。这次你的同桌排在第21名。"

说这话时，她发现儿子黯淡的眼神一下子充满了光芒，沮丧的脸也一下子舒展开来。她甚至发现，儿子好像长大了许多。第二天上学，他去得比平时要早。

孩子上了初中，又一次家长会到来了。她坐在儿子的座位上，等着老师点她儿子的名字，因为每次家长会，她儿子的名字在差生的行列中总是被点到。然而，这次却出乎她的意料。直到结束，她都没有听到儿子的名字。

她有些不习惯，临走前问老师，老师告诉她："按你儿子现在的成绩，考重点高中稍微有点危险。"

她怀着惊喜的心情走出校门，发现儿子在等她。路上，她扶着儿子的肩膀，心里有一种说不出的甜蜜，她告诉儿子："班主任对你非常满意，他说了，只要你努力，很有希望能考上重点高中。"

高中毕业了。第一批大学录取通知书下达时，学校打电话让她儿子到学校去一趟。

她有一种预感，儿子被清华录取了。因为在报考时，她对儿子说过，她相信他能考取这所大学。她儿子从学校回来，把一封印有"清华大学招生办公室"的特快专递交到她的手里，突然转身跑到自己的房间里大哭起来，边哭边说："妈妈，我知道我不是个聪明的孩子，可是，这个世界上只有你能欣赏我……"

这时，她悲喜交加，再也按捺不住十几年来凝聚在心中的泪水，任它打在手中的信封上……

牵手阅读

　　这是一组水平参差不齐的文章，我最喜欢的是《一碗清汤荞麦面》，它太感人了。作者以一碗清汤荞麦面为线索，将人世间的温情密密地编织了进去——有亲人的爱，有陌生人的爱，有对生活的爱。正是这个"爱"字，成了苦难人生的一个坚实支点，成了人生寒夜里最亮的一盏灯火。

　　后面的几篇励志文章，作者笔下的人生支点虽看似是一颗豆粒、一个零分、一枚硬币、一份鼓励，但其实都完全可以归结为一个"爱"字——孩子对生活的爱，感动和拯救了绝望中的母亲；老师对学生和工作的爱，帮助学生萌生了质疑精神；一枚爱的硬币，给予孩子的是一个完整的世界；一份爱的鼓励，成就了一位后进生的美好前程。爱，只有爱，才是生命的奇迹。

　　怪味豆是一种重庆小吃，主料为蚕豆，以甜、咸、麻、辣等多种调味粉制成粉层，将蚕豆包裹，吃时百味杂陈，故有"怪味"之称（维基百科语）。那么"故事怪味豆"又是什么味道呢？读了你便会知道。

海乌姆的雪

[美国] 辛格 著　王世跃 译

　　海乌姆是个傻瓜村，年老和年轻的人都是傻瓜。一天夜里，有人瞧见月亮映在一只水桶里，海乌姆的人们就认为月亮落进去了。为了不让月亮跑掉，他们把桶封住。早晨把盖子打开时，月亮不在里边，村民们断定月亮被偷了。他们叫来警察而找不到贼时，海乌姆的傻瓜们就又哭又闹。

　　海乌姆的傻瓜当中，最有名的是七位长老。他们是村里最老也是最大的傻瓜，所以在海乌姆他们说了算。大概由于想问题想得太多的缘故，他们的胡子花白，前额高高的。

　　有一年过犹太圣节，雪下了整整一夜。整个海乌姆像是覆盖了一张银色的桌布。黎明时天晴了，月洒清辉，星眨千眼，雪花像珍珠和钻石一样闪闪发光。

　　那天夜里，七位长老皱着额头坐在那里沉思。村子正需钱花，可他们不知道去哪里弄钱。突然，他们当中最年老的大傻瓜格朗那姆大声叫道："雪是银子啊！"

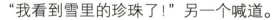

"我看到雪里的珍珠了!"另一个喊道。

"我看到钻石啦!"第三个嚷着。

一座宝库从天而降,海乌姆的长老们对此深信不疑。

可是,他们很快又担心起来。海乌姆的人们爱走路,他们当然会把宝库踩坏了。该怎么办?愚蠢的图德拉斯出了个主意。

130

"我们派一个送信儿的吧,告诉人们必须等到所有的银子、所有的珍珠和所有的钻石都好好收集起来之后再出门。"

一时间长老们满意了。他们摩挲着手,对这个聪明的主意表示赞同。可这时多皮·莱基斯惊恐地叫起来:"送信儿的人自己会把宝库踩了呀!"

长老们认为莱基斯的话是对的,他们又皱起高高的

前额，努力想解决这个难题。

"我有办法了！"外号"公牛"的什默莱尔叫道。

"快讲，快讲！"长老们请求说。

"送信儿的人不应该走着去，应该用一张桌子抬着他，他的脚就不会踩到宝贵的雪上了。"

什默莱尔的办法令大家兴奋，而长老们拍着手赞美他们自己的智慧。

长老们立刻去厨房把供差遣的僮仆吉姆佩尔叫来，让他站到一张桌子上。谁来抬桌子呢？幸好厨房里有厨师特莱特尔、削土豆皮的巴雷尔、拌色拉的尤科尔和负责村庄山羊的扬特尔。长老们命四人用桌子把吉姆佩尔抬起来，每个人抓住一条桌腿。吉姆佩尔站在上面，手里握一把用来敲村民窗子的木槌。他们出发了。

吉姆佩尔挨家挨户地用木槌敲窗子，并且大声叫唤："今天谁也不许出门。一座宝库从天上掉下来了，禁止用脚往上踩。"

海乌姆的人们按长老们的话都没有出门。同时长老们自己熬夜不睡，想财宝一旦收集起来，如何尽量利用。

愚蠢的图德拉斯提议把财宝卖了，买一只下金蛋的鹅。这样村庄就有稳定的收入了。

多皮·莱基斯另有主意。为什么不为所有的海乌姆居民们购买使东西看起来更大的眼镜呢？那么房屋、街道、商店都会显得更大了。当然，海乌姆也就会显得更大了，它就不再是一个村子，而是一个大城市了。

还有其他同样聪明的主意，但在长老们权衡各种各样计划的时候，天已放亮，太阳升起来了。他们朝窗外

故事怪味豆

望去，哎哟，雪已经被踩了。抬桌人沉重的长筒靴已经把宝库毁坏了。

海乌姆的长老们捻着白胡子，互相承认他们犯了一个错误。他们推想，也许应该派另外十六个人去抬抬吉姆佩尔的那四个人吧？

深思熟虑之后，长老们决定，如果明年犹太圣节再有一座宝库从天而降，他们一定要那样做的。

村里尽管没有得到财宝，但是他们对明年充满了希望。对这些想法，长老们则赞不绝口：只要有了他们，就总能找到办法——不管问题有多难！

酒鬼和他的老婆

［法国］拉封丹 著　张曼玲 译

每个人都有他不断重犯的毛病，无论是羞耻还是恐惧都无法把它纠正过来。由此我想起这样一个故事：

有个酒鬼因贪酒而伤害了自己的身心，也挥霍了钱财。他还没走完自己人生的一半旅程，便已把财产喝了个精光。

一天，这人灌足了酒，醉得已不省人事。他的老婆便把他关进了一座坟墓。在那里，他酒力发作昏然大睡。醒来时他发现自己周围都是些死人的陪葬物——一盏灯和一块遮尸布。

"哦，"他自言自语，"这是些什么东西？难道我的老婆已成了寡妇？"

这时他的老婆在坟墓的上面身着复仇女神提希丰的衣服，戴着面具，变换了声调，来到那自认为已死了的男人那里，走近他的棺木，给他端上一碗专门给恶魔准备的热汤。那丈夫便再也不怀疑自己已成了地狱公民。

"你是哪一位？"他问那鬼魂。

"我是撒旦王国里管伙食的。"她回答，"我给那些被封闭在黑暗的坟墓里的死鬼们送食物。"

那丈夫听了此话立即不假思索地问："你没给他们带点酒来吗?"

一张恼人的火车票

[德国] 拉里夫·维内尔 著　颜志侠 译

深夜，我走进车站理发店。

"非常抱歉。"理发师殷勤可亲地微笑着，"按照规定，我只能为手里有车票的旅客服务。"

"反正现在你们店里连一个顾客也没有。"我试着提出异议，"既然如此，是不是可以来个例外……"

理发师朝我这边稍稍转了一下他的脸，说："尊敬的先生，要知道现在是夜里，我们得遵守规定，一切都应照章行事，只有旅客才能在这儿刮脸理发。"说完，他又把脸扭过去了。

于是，我走到售票窗前："请卖给我一张火车票。"

"您上哪儿?"

"哪儿都行，反正对我都一样。"

"别装疯卖傻了。"年轻的女售票员发火了。

"我一点儿也没装疯卖傻，"我平心静气地说，"您只要卖给我一张离本站最近的那一站的票就行了。"

故事怪味豆

"您指的是哪一站?"

"可爱的姑娘,我已经说过了,随便哪一站都行。"

女售票员显然焦躁不安了: "您起码应当知道要上哪儿去呀!"

"我根本不打算上任何地方去。"

女售票员感到十分好奇: "既然您不打算去任何地方,干吗买票呀?"

"我想理个发。"

砰的一声,售票的小窗子被关上了。我等了会儿,又小心翼翼地敲了敲窗玻璃。

"姑娘," 我竭力使自己的语气和缓一些, "好了,请卖给我一张票吧!"

她像瞅一个疯子似的打量着我,然后便开始翻起一本什么书来。

"是理发师问我要车票。" 我朝那紧闭着的小窗子喊了起来。

女售票员把窗子打开了一条缝: "理发师要什么?"

"他要车票。他说只给有车票的旅客刮脸。" 我重复道。直到这时,女售票员似乎才弄清楚是怎么回事。

"好吧,卖给您一张去莱布尼茨车站的票。您付六十芬尼吧!"

我手里攥着买到的火车票,第二次走进理发店。

"请看,这是我的车票。现在我想刮一下脸。"

然而,理发师的头脑并不那样简单。

"可我已经给您看过这张到莱布尼茨的车票了呀！难道这还不够吗？"

"非常抱歉。"理发师把双手交叉在胸前，"如果您只是为了刮脸才买车票的话，那么在我们理发店您就难以达到自己的目的。我们这儿只为有车票的乘客服务。"

我艰难地喘了大口气。

"可是，劳驾——"我大喊起来，"我只要有这张车票，就可以上莱布尼茨去。在这种情况下，对您来说，我就是乘客了！"

"但是您并不打算上任何地方去。"理发师冷淡而有礼貌地反驳着，"这样一来，尽管您手里有车票，也不能算是乘客了。因此，我劝您放弃这种打算吧！"

我只好又来到售票窗前。

"姑娘，"我对女售票员说，"车票也不顶事。请给我退掉吧。"

"不能退。"她遗憾地把两只手一摊。

"为什么？我还没有用它乘车旅行呀！"

"如果您是为旅行而买的车票，结果没有乘车，那我可以把票钱退给您。"女售票员笑容可掬地解释道，"一切都应照章办事。但是刚才开始您就宣称并不打算旅行，因此您就无权退票。您是不是再找一下那个理发师，要知道，您是为了他才买的车票呀……"

"也许您能代我为这张票付款？"我又找到了那位和

故事怪味豆

蔼可亲的理发师，问道。

　　"请等一下，"理发师放下手里的报纸说道，然后，他拿起了桌上的电话。"好了，"打完电话，他说道，"您现在可以刮脸了……"

　　"总算可以了！"我高兴地喊出了声。

　　"不过不是在这儿，"理发师说，"而是在那儿——在莱布尼茨车站。"

黑　信

[捷克] 哈谢克 著　水宁尼 译

瓦尔杰茨基公国国王弗里德里赫乘着马车，被狂热的人群簇拥着走得正欢，突然，晴天霹雳似的，有一封信飘落到他的膝上，不知是谁扔进来的。

弗里德里赫国王笑眯眯地读信：

"陛下，您是世界上最傻的傻瓜，傻瓜中的傻瓜！"

弗里德里赫国王顿时笑容尽敛。

正如次日报载，国王当时身体不适，于是，庆祝盛典立即停止，弗里德里赫国王返驾王宫。国王一回宫便躲进了书房，潜心琢磨那封大逆不道的信。他把"陛下，您是世界上最傻的傻瓜，傻瓜中的傻瓜"那几个字至少念了五十遍，都已经能够倒背如流了，这才猛然发出一声惊呼："这个坏蛋连名字也没留！"

他在书房里乱转一气，嘴里念叨个不停："陛下，您是世界上最傻的傻瓜，傻瓜中的傻瓜！"

半小时后，国王下令召开国务会议。

"诸位爱卿，"他沮丧地向他的四位枢密参赞说道，

"在寡人登基三十周年纪念日的这一天，竟有歹徒将一封黑信投进了寡人所乘的马车中。信上说：'陛下，您是世界上最傻的傻瓜，傻瓜中的傻瓜！'"

四位枢密参赞的脸色顿时变得煞白。男爵卡尔嗫嚅（niè rú）着说道："陛下，那封信不是写给您的吧？"

弗里德里赫国王龙颜大怒。

"男爵爱卿，"他厉声言道，"朕想卿也明白，'陛下'这个称呼在全国范围内只属于寡人一人，再没有旁人能称得起'陛下'了！这封信上明明写着'陛下，您是世界上最傻的傻瓜，傻瓜中的傻瓜'，当然是写给寡人的啦！朕想卿等迟早会同意寡人的见解。为江山社稷计，非查出那名胆敢冒犯寡人的歹徒不可，因为据朕看来，其罪如同叛国。现在寡人就把这件案子交给卿等。想必

议会也要对寡人深表同情。在明天开会时，要对这个竟敢冒犯国王的歹徒的无耻勾当加以处置……"

国务会议一直开到深夜。警察局长也参加了这次会议。

在次日的议会上，议会主席激情昂扬地宣读了一封由弗里德里赫国王御笔亲书、向他的臣民呼吁忠诚的诏书。议员们赶紧纷纷宣誓，以表明自己对国王的忠诚，虽然实际上他们谁都是丈二金刚摸不着头脑，不知究竟出了什么岔子。

一股莫名的气氛闷住了大家。然而，警察局长对这件事却毫不怠慢。他请求谒见，并且从国家档案库里拿出了那封该死的信。

"您打算怎样办这件案子?"议会主席问他。

警察局长搓了搓手，踌躇满志地说："暂时还不能告诉您。鄙人的这次侦查定会一鸣惊人!"

那封信被他送进了国家印刷所。中午，京城里就到处贴满了警察局的告示:

"兹悬赏一千马克捉拿私将写有'陛下，您是世界上最傻的傻瓜，傻瓜中的傻瓜'之黑信投入国王马车之歹徒一名。"

这样一来，还不到天黑，全瓦尔杰茨基公国的人便无人不知弗里德里赫国王是"世界上最傻的傻瓜，傻瓜中的傻瓜"了，而警察局长第二天也就下台大吉了。

牵手阅读

吃厌了正常的味儿，怪味便给人以新鲜感，于是就有了怪味豆、臭豆腐等小吃。读、写文章也一样，读和写多了那些正儿八经的文章后，偶尔写点和读点阴阳怪气、连讽带刺、味道有些怪怪的文章也不坏——看看傻瓜村的长老们"聪明"得有多么傻，看看酒鬼是如何"死"了也忘不了那壶酒的，看看那张多余的"火车票"是如何让"我"碰壁、烦恼的，品品黑信有多么"黑"……这类文章，除了轻松愉悦我们的神经外，还可以改变我们的思维方式——世界上什么怪事都会发生。它们的味道，本身就是大千世界里的一味。

　　好奇是童年的天性，一部《十万个为什么》，远远不能回答孩子们天马行空、没完没了的问题。大人们在回答这一个个小问号时，对有些事物，作出了非科学的只属于儿童世界的解释。这些解释一眼看上去就知道是不真实的，但是它们却非常吸引眼球，原因是作者对问题巧设了一种童话情景，然后一路想当然地写了下去，把它们解释得比真的还真，更加趣味盎然。

黑豆变鲸鱼

[美国] 索斯博士 著　寇珊　殷静宇 译

　　上帝有一个小后花园。在这个小花园里，他栽种了胡萝卜、洋葱、豆子以及他晚餐所需要的一切。这是一个美丽的小花园，各种植物整齐地排列着，整齐的栅栏使得动物无法进入园里，上帝满意极了。

　　有一天，他给胡萝卜除草时，发现在两块地之间长着一样奇怪的东西。这东西不足一英寸长，黑黑的，看上去像一粒闪闪发光的黑豆子。

　　"真奇怪，"上帝说，"我从来没有见过这样的东西。它长大了会是什么样呢?"

　　于是，他让它继续生长。

　　第二天除草时，他想起了那株闪闪发光的小黑东西。他走过去，想看看这东西长得怎么样了。这一看使上帝大吃一惊，一夜工夫，它长了一倍，有两英寸长了，像一个光泽晶莹的黑鸡蛋。

　　每天，上帝都来看这东西。每天，这东西都比前一天大，身长都是前一天的两倍。

这东西长到六英尺长时，上帝说："这东西长得太大了，我必须把它拔掉，煮了吃。"

可他还想让它再长一天。

第二天，这东西十二英尺长了，上帝没有哪口锅能煮得下这东西。

上帝挠着头，看着它，束手无策。胡萝卜已被它压得无影无踪。如果再让它继续生长的话，上帝的整座房子都会被它挤塌。

就在上帝无可奈何地看着它时，突然，它睁开了一只眼睛，看着上帝。

上帝大为震惊。

那只眼睛又小又圆，长在最粗的这一头，也就是根的另一头。他绕过去看另一侧，也有一只眼睛，也在看着他。

"喂！"上帝说，"你好吗？"

圆圆的眼睛眨眨，眼睛下光滑的皮肤微微地皱了皱，像是在微笑。可这东西没嘴巴，上帝不敢断定它是否在笑。

第二天早晨，上帝早早地起了床，来到花园。

毫无疑问，他那株新奇的带着眼睛的黑色植物一夜间又长了一倍，结果有一半栅栏被它从里面推倒了，它的头也伸到路上去了，一只眼睛朝上看，另一只朝下看，身体的一侧紧紧地贴着厨房的墙壁。

上帝绕到它前面，盯着它的眼睛。

"你太大了，"他神情严厉地说，"在你推倒我的房子以前，请别再长了。"

令他大吃一惊的是，那东西张开了嘴巴，细长而宽阔的嘴巴，一直延伸到两只眼睛下。

"我办不到。"嘴巴动了动。

上帝一时语塞，沉默片刻后接着说："那么，你能告诉我你是什么吗？你自己知道吗？"

"我，"那东西说，"是鲸瓦尔特。你一定听说过蛋布朗特、公羊威特、狗戴西。我呢，是鲸瓦尔特。"

上帝莫明其妙而又无可奈何。

第二天早晨，鲸瓦尔特又长大了，横过了马路，它的一侧已推倒了厨房的那堵墙。如今，它比一辆公共汽车还长、还大。

上帝目睹了这一切，他立刻把所有的生物都召集起来。

"这儿有一种奇怪的东西，"他说，"瞧，该怎样对付它呢？"

生物们在鲸瓦尔特身边转悠，好奇地打量着，这东西的肌肤平滑光洁，能映出它们的脸。

"让它去吧，"鸵鸟说，"它总会有死的一天。"

"可它还会继续长大，"上帝说，"大到覆盖整个大地。那时，我们只好生活在它背上，仔细想想吧。"

"我提议，"老鼠说，"把它扔进大海里。"

上帝沉思不语。

"不，"最后他开口道，"这太残酷了，让它再长几天吧。"

三天后，上帝的房子被压扁了，鲸瓦尔特有一条街那么长。

"现在，"老鼠说，"要把它扔进海里已经太迟了，鲸瓦尔特太大了，谁也搬不动。"

可是，上帝用一根长长的粗绳子紧紧地捆住鲸瓦尔特，然后吩咐所有的生物拉着绳子拼命地往前拽。

"咳！"鲸瓦尔特大声喊道，"让我独自待着吧。"

"你就要去海里了。"老鼠大声地说，"活该！谁要你霸占这么多地方。"

"可是我很快活！"鲸瓦尔特又大声喊道，"待在这儿我很快活。你们都走吧，让我睡一会儿，我生来就是要躺着，要睡觉的。"

"扔进海里！"老鼠尖声喊道。

"不！"鲸瓦尔特大声抗议。

"扔进海里！"所有的生物都喊道。它们拼命地拉绳子。随着一声痛苦的喊叫，鲸瓦尔特被连根拔起。它又击又打，扭动着身躯，长长的根部掀倒了树木、房屋。不管它是否愿意，生物们死劲地拖着它穿过田野。

最后，它们把它拖到一个高高的悬崖顶上。随着一声喊叫，它们从悬崖顶上把它扔进了大海。

"救命啊！救命啊！"鲸瓦尔特大声呼救，"我就要淹死了！求求你们让我回到陆地上去，让我睡觉。"

"除非你变小一点儿！"上帝厉声说道，"否则，你别想回来。"

"可怎么变小呢？"鲸瓦尔特哭诉着，那巨大沉重的身躯随着海浪一起一伏，它早呛了一肚子水，"求求你告诉我怎么变小，我好回陆地生活。"

上帝站在悬崖上，弯下腰，用手指在它的头上戳了一下。

"哎哟!"鲸瓦尔特痛得直嚷嚷。

"这是干什么?戳了一个洞,水会进来的。"

"不,水进不去。"上帝说,"相反你肚子里的水会喷出来。现在,试着从那个洞里喷水吧。"

鲸瓦尔特于是试了试,一个大水柱从上帝戳的那个洞里喷了出来。

"再接着喷。"上帝说。

鲸瓦尔特一次又一次地喷水,不一会儿,它就变小了许多。

这一变小,它那平滑的肌肤上开始出现了许多小皱褶。最后,上帝对它说:"等你小到黄瓜那么大时,只需喊一声,你就可以回到我的花园,但是,在这以前,你必须待在海里。"

上帝带着生物们离开了,留下鲸瓦尔特孤零零地在海里漂流、喷水。

不久,鲸瓦尔特就像一辆公共汽车那么小了,然而,它感觉喷水太费劲了,它好困乏,想睡觉。于是它深深地吸了一口气,潜入海底睡觉去了。它太爱睡觉了。

一觉醒来,它沮丧万分。原来,在它睡觉时,它又长大了,有一条街那么长,像一艘带有两个烟囱的船。

它赶紧升上海面,拼命地喷水,不一会儿它又缩到一辆卡车那么小,可是,它又要睡了,于是它又深深地吸了口气,重新潜入海底。

醒来时,它又有一条街那么长。

日复一日,年复一年,它就这么大了又小,小了又大。

一喷水，鲸瓦尔特就变小了，可一变小它就想睡觉。有时，它抵制住绵绵沉重的睡意，不停地喷水，那时，它可以缩到小轿车那么小。每次，就在它快要缩到黄瓜那么大以前，它就想起睡觉有多么美妙。可一觉醒来，它又大了。

150

它渴望回到陆地上，躺在温暖的阳光下美美地睡一觉，尾巴植入潮润的地里。可是，要实现这一愿望，它就必须不停地漂浮、喷水，跃出海面。在它被允许回到陆地上以前，一切生物都称它为鲸。

独来独往的猫

[英国] 吉卜林 著　曹明伦 译

仔细听啊，小朋友们，听听这个故事到底是怎么发生的。这个故事发生的时候，世界上所有的动物都是野的。狗是野狗，马是野马，牛是野牛，羊是野羊，猪是野猪。它们野得不能再野，整天都在潮湿的野生丛林里闲逛。但是，它们之中最野的要算是猫。它总是独来独往，所有的地方对它来说都一样。

当然，那时人也是野人。他们住在一个干燥的、漂亮的山洞里，在洞里铺了干净的沙，生起了美丽的火，在洞口挂上了野马皮制作的帘子。他们吃烤熟的野羊肉，羊肉里还加了野蒜、野胡椒等作料。他们还吃野鸭子，鸭肚子里填装了野稻米、野胡萝卜、野芫荽、野牛肉、野樱桃和野鸡肉。吃完晚饭，男人舒舒服服地在火堆前躺下睡觉了。但女人却坐了起来，梳着她的头发。她拿起一块野羊的肩胛骨，看了看上面奇妙的花纹，然后往火堆里添了几把柴火，接着便耍了一个魔法。她耍的是世界上第一个魔法。

在洞外边潮湿的野生丛林里，所有的动物都聚到了能看见火光的地方。它们都十分纳闷：这火光到底意味着什么？

这时，野马蹬着蹄子说："哦，我的朋友们；哦，我的敌人们！为什么那个男人和女人在大山洞里燃起了那堆大火？这对我们有什么伤害呢？"

野狗抬起它的鼻子使劲地吸了一口野羊肉的香味，然后说："我去看一看，回头再告诉你们。因为我想这样很好，猫兄弟，和我一块去吧！"

"咪！"猫说，"我是独来独往的猫，任何地方对我来说都一样，我才不去呢。"

"这么说，我们从今以后就不再是朋友了。"野狗说完独自朝山洞跑去。野狗刚跑出几步，野猫心中暗想：既然所有的地方对我来说都一样，我干吗不也去看一看，然后再走开呢？于是，它悄悄地跟在野狗身后，一听见什么动静就准备躲藏起来。

当野狗来到洞口，用鼻子撩起门帘，使劲地吸烤野羊肉的香味时，两只眼睛盯着野羊骨头的女人听见了它的脚步声，她笑了笑说："第一位来了。野森林里的野家伙，你想要什么？"

野狗回答说："哦，我的敌人和我敌人的妻子，这是啥东西？我在野森林里闻起来都那么香。"

女人挑了一根烤野羊骨头扔给野狗，说："野森林里的野家伙，你自己尝一尝吧。"野狗咬了一口，觉得从来没吃过这样好吃的东西。于是它说："哦，我的敌人和我敌人的妻子，再给我一块吧。"

那个女人说："野森林里的野家伙，只要你白天愿意和我男人一块儿去打猎，晚上帮我守护洞口，那你想吃多少烤野羊骨头我就给你多少。"

"哎呀！"在一旁偷听的猫自言自语地说，"这是一个非常机灵的女人，但她可能没有我这么机灵。"

野狗慢慢地走进了山洞，把头依偎在那个女人的膝上，说："哦，我的朋友和我朋友的妻子，我将白天帮助你男人打猎，晚上帮助你守护洞口。"

"哎呀！"在一旁偷听的猫暗暗地说，"这真是一条愚蠢的狗。"说完它转身离开山洞，摇着尾巴穿过潮湿的野生丛林。它独自闲逛，没有把偷听的事告诉其他任何动物。

当洞中那个男人醒来时，他问："野狗在这儿干什么？"女人说："它的名字不再是野狗了，而是我们第一个朋友，以后你打猎的时候把它带在身边吧。"

第二天晚上，那个女人割了一大捆鲜嫩的青草，在火边烤干。那气味闻起来就像是新割的干草。然后她坐在洞口，用马皮条编织了一根缰绳。她看了看那块野羊肩胛骨，又耍了一个魔术。她耍的是世界上第二个魔术。

在洞外边潮湿的野生丛林里，所有的动物都想知道野狗到底出了什么事。最后野马蹬着蹄子说："我去看看野狗为什么没有回来。猫兄弟，跟我一起去吧。"

"咪！"猫说，"我是独来独往的猫，任何地方对我来说都一样，我才不跟你一块儿去呢。"但是它同前一天晚上一样，悄悄地跟在野马身后，脚步放得很轻很轻，以便一听见什么响动它就躲藏起来。

那些原来如此的故事

当那个女人听见野马磕磕绊绊的脚步声时，她笑了笑说："第二个又来了。野森林里的野家伙，你来干什么？"

野马说："哦，我的敌人和我敌人的妻子，野狗在什么地方？"

那个女人笑了，她说："野森林里的野家伙，你到这儿来才不是为了野狗呢，你是为了这些香喷喷的草。"

野马连忙说："你说对了，给我一把草吃吧。"

那个女人说："野森林里的野家伙，把你的头低下来，戴上我送给你的礼物，这样你每天可以吃三次这种香喷喷的草。"

"哎呀！"在一边偷听的猫自言自语地说，"这是一个狡猾的女人，但她还不如我这般狡猾。"

野马低下了头，那个女人不知不觉地就给它套上了缰绳。野马舔着女人的脚说："哦，我的女主人，我主人的妻子，为了这香喷喷的草我将永远是你的仆人。"

"哎呀！"在一边偷听的猫暗暗地说，"这真是一匹愚蠢的马。"说完它转身离开山洞，摇着尾巴穿过潮湿的野生丛林。它独自闲逛，没有把偷听的事告诉其他任何动物。

当那个男人和狗打猎归来时，他问："野马在这儿干什么？"女人说："它的名字不再是野马了，而是我们第一个仆人，因为它将永远驮着我们从一个地方到另一个地方。以后你去打猎的时候就骑在它背上吧。"

第二天，野牛朝山洞走去，猫又像前两天一样悄悄地跟在后面。到了山洞，一切都和前两天发生的事一样。

当野牛答应每天供给那个女人牛奶来换取香喷喷的草时，猫又转身离开了山洞，摇着尾巴穿过潮湿的野生丛林，像以往一样独自闲逛。但它还是没有把偷听的事告诉其他任何动物。

当那个男人带着马和狗打猎归来的时候，他像前两次一样问了同样的问题。女人说："它的名字不再叫野牛了，而叫奶牛，它将永远不断地供给我们雪白的牛奶。当你同第一个朋友和第一个仆人出去打猎的时候，我会照料它的。"

第二天，猫等着看是否还有其他动物去那个山洞，但野生丛林里的动物谁也没去。于是，猫便自己去了。它老远就看见那个女人在挤牛奶，看见了洞里的火光，闻到了烧牛奶的香味。

猫走上前说："哦，我的敌人和我敌人的妻子，野牛在什么地方？"

那个女人笑着说："野森林里的野家伙，回你的野森林去吧，因为我已经梳好了头发，我已经丢掉了有魔法的野羊骨头，另外，我再也不需要更多的朋友和仆人了。"

猫说："我不是朋友，也不是仆人。我是独来独往的猫，我想进你的山洞。"

那个女人说："那么你第一个晚上为什么不愿意同第一个朋友一块儿来呢？"

猫一听这话便生气了，它气呼呼地说："是那狗东西说我的坏话吗？"

那个女人又笑了笑，说："你是独来独往的猫，任何地方对你来说都是一个样。你既不是朋友又不是仆人，这些都是你自己亲口说的。回去吧，到别的地方去独来独往吧。"

这下猫假装十分难过地说："难道我一定不能进山洞吗？难道我一定不能坐在火炉旁吗？难道我一定不能喝牛奶吗？你又聪明又漂亮，你对猫不应该这样狠心。"

那个女人说："我知道我很聪明，但我从来还不知道我长得漂亮。这样吧，我们签订一份契约，如果我说你一句好话，你就可以进这个洞。"

"假如你说我两句好话呢？"猫问道。

"我不会说的。"女人回答说，"但是如果我真的说了你两句好话，那你就可以坐在火炉旁边。"

"假若你说我三句好话呢？"

"绝不会有的事！"女人说，"但是如果我真的说了你三句好话，那你永远都可以每天喝上三杯牛奶。"

猫听完这话拱起背说："现在，让门帘、火炉和牛奶罐记住我的敌人和我敌人的妻子今天所说的话。"说完它离开了山洞，摇着尾巴穿过潮湿的野生丛林，独自闲逛。

那天晚上，当那个男人带着马和狗打完猎回到家里，那个女人没有把她和猫签订契约的事告诉他们，因为她担心他们会不高兴。

猫走得很远很远，独自在野生丛林里藏了很久很久，直到那个女人已把它完全忘记了。只有一只住在洞壁上的蝙蝠知道猫藏在什么地方，每天傍晚蝙蝠都飞到猫藏身的地方，把洞里发生的新闻告诉猫。

一天傍晚，蝙蝠对猫说："洞里新添了一个婴孩，他长得又白又胖，那个女人十分喜欢他。"

"嗯，"猫听完蝙蝠的话说，"但那个婴孩喜欢什么呢？"

"他喜欢软绵绵的东西，他喜欢挠痒痒，他睡觉的时候喜欢抱着热乎乎的东西，他还喜欢别人逗他玩。"

"嗯，这么说，我的机会终于来了。"

第二天晚上，猫走出了潮湿的野生丛林，在洞外不远的地方一直等到天亮。那个男人骑着马带着狗打猎去了。那个女人正忙着做饭，那个婴孩大声哭闹，于是女人把婴孩抱到洞外，给他一大把小石子玩耍，但婴孩仍哭个不停。

这时，猫走上前去，伸出前爪轻轻地拍了拍婴孩的小脸蛋，又亲了亲他的两条胖腿，然后用尾巴给婴儿挠痒，这下婴儿咯咯咯地笑了。那个女人听见笑声也笑了。

洞壁上的蝙蝠趁机说："哦，我的女主人，我主人的妻子和我主人的儿子的妈妈，有个野森林来的漂亮的野家伙正在逗你的儿子玩呢。"

"那我真该祝福它了，"那个女人直起腰来说，"因为我今天早晨太忙了，它算帮了我一个大忙。"

她的话音刚落，只听哗的一声，挂在洞口当门帘用的那张野马皮突然掉在地上，原来门帘还记得那个女人和猫签订的契约。

当女人去拾门帘的时候，哦，亲爱的小朋友，那只猫早已舒舒服服地坐在洞里了。

"哦，我的敌人、我敌人的妻子和敌人的儿子的妈

那些原来如此的故事

妈，"猫说，"是我在洞里，因为你已经说了我一句好话。从现在起，我可以永远永远地坐在这洞里。但是，我仍然是独来独往的猫，因为任何地方对我来说都一样。"

那个女人非常生气，她紧咬住嘴唇坐在纺车前开始纺线。

可这时婴孩又哭了起来，那个女人无论如何也哄不住他。

猫说："哦，我的敌人、我敌人的妻子和我敌人的儿子的母亲，把你纺的一根线拴在你纺车的转轮上，然后拉过地板，我来把你的儿子逗笑，要笑得同他哭的声音一样响亮。"

"我照你的话办，"那个女人说，"因为我现在真没有办法了，不过我不会为此而感谢你。"

她照猫所说的拴好了线，猫马上跑过去扑线头，它一会儿用爪子去拍，一会儿又翻个跟斗，一会儿把线头抛起来，让它钻过自己肩头，但又突然用后爪把线头摁住，它一会假装找不到线头，一会儿又突然扑在线头上，直逗得小婴孩笑个不停，也跟在猫身后爬起来，同猫一起玩耍嬉戏。最后，小家伙玩累了，抱着猫呼呼地睡着了。

"你听，"猫说，"我现在要为你的小宝宝唱支歌，他听了这支歌起码要睡上一个小时。"猫开始咕噜咕噜地哼了起来，一声高一声低，小宝宝果然睡得很香甜。那个女人一看就笑了，她说："你做得真漂亮，你毫无疑问是一只非常非常聪明的猫。"

她的话音刚落，只听叭的一声，洞顶壁上的火烟灰突然掉下一大团，原来它还记得那个女人和猫签订的契约。当那个女人把火烟灰打扫干净时，猫已经舒舒服服地坐在火炉边了。

"哦，我的敌人、我敌人的妻子和我敌人的儿子的母亲，"猫说，"是我坐在火炉旁，因为你已经说了我第二句好话。从今以后，我可以永远永远地坐在火炉旁。但我仍然是独来独往的猫，因为任何地方对我来说都一样。"

这下那个女人非常非常地生气，她拆散她的头发，往火堆里加了许多柴火。她又取出那块野羊的肩胛骨，开始要魔法来避免自己说猫的第三句好话。不一会儿，

160

从洞里的一个角落窜出来一只小老鼠。

"哦，我的敌人、我敌人的妻子和我敌人的儿子的母亲，"猫问，"这只小老鼠也是你要的魔法吗?"

"哦！嗯！不！"那个女人丢下手中的野羊骨头，跳上一条脚凳，飞快地梳拢了自己的头发，因为她害怕老鼠会钻进头发里去。

"啊哈，"猫又问，"要是我把老鼠吃掉对你有害处吗?"

"没有，"那个女人说，"请吃掉它吧，我将非常感谢你。"

猫一个跳跃便抓住了小老鼠，那个女人说："非常感谢你，甚至连第一个朋友也没法跳得同你一样快。你一定很机灵。"

她的话刚一出口，装牛奶的罐子一下裂成了两半，原来它还记得那个女人同猫签订的契约。当那个女人从脚凳上跳下来时，猫正在舔破罐子里剩下的牛奶。"哦，我的敌人、我敌人的妻子和敌人的儿子的母亲，"猫说，"是我在喝牛奶，因为你已经说了我三句好话。从今以后，我每天都能喝上三杯牛奶。但我仍然是独来独往的猫，因为任何地方对我来说都一样。"

这一次女人笑了，她给猫倒了满满一碗牛奶，说："哦，猫呀，你真像人一样聪明，可是你得记住，你并没有同我的男人和那条狗签订契约，我还不知道他们回来后会怎么办呢。"

"这有什么呢?"猫说，"只要我能坐在火炉边，只要我一天能喝上三杯牛奶，我才不管那个人和狗会干什么。"

　　那天晚上，当那个男人带着狗回来之后，女人就把同猫签订契约的经过统统说了。猫坐在火炉边一边听一边微笑。那个男人听完后说："但是它并没同我和以后的人签订什么契约。"说着他脱下脚上的皮靴，解下身上的短刀，又拿来一块木柴和一把斧子，把这五件东西排成一排，说："现在我们来签订契约，如果你在洞里的时候看见老鼠不捉，我就用这五件东西打你，而且以后的人也会这么干。"

　　"哎呀！"在一旁倾听的女人暗暗说，"这是一只聪明绝顶的猫，但它可没有我的男人聪明。"

　　猫数了数那几样东西，说："当我在洞里的时候，我永远是看见老鼠就捉，但我仍然是独来独往的猫，因为任何地方对我来说都一样。"

　　"在我身边就不一样。"那个男人说，"如果你最后不这么说，我还准备把这五样东西都永远丢开。但是，从现在起，我只要一碰见你，我就要用这两只靴子和这把斧子来打你，以后的人也会这么干。"

　　这下狗说话了："请等一等，因为它还没同我签订契约呢。"狗龇牙咧嘴地对猫说，"如果你在洞里的时候不好好地逗小宝宝玩，我就要追你，抓住你，然后咬你，而且以后的狗也会这么干。"

　　"哎呀！"在一旁倾听的女人暗暗说，"这是一只聪明绝顶的猫，但它可没有狗聪明。"

　　猫数了数狗嘴里的牙齿，然后说："当我在洞里的时候，我将永远好好地逗小宝宝玩，但我仍然是独来独往的猫，因为任何地方对我来说都一样。"

"在我身边就不一样，"狗说，"如果你最后不这么说，我还准备永远闭上我的嘴，但从现在起，我只要一碰见你就把你追到树上去，以后的狗也都会这么干。"

这下那个男人接二连三地将两只靴子和一把斧子向猫投去，猫呼地一下蹿出了山洞。狗追出山洞，把猫追上了一棵树。哦，我亲爱的小朋友，从那以后直到今天，五个人当中有三个人碰见猫要扔东西去打它，所有的狗碰见猫都要把它追上树。但是猫也始终遵守它自己签订的契约。当它在屋里的时候，它总是见老鼠就捉，它总是好好地逗小宝宝玩，只要小宝宝不使劲地揪它的尾巴。但当它做完这些事情，当月亮升上天空、夜晚来临的时候，它仍然是独来独往的猫，任何地方对它来说都一样。这时它就跑进潮湿的野生丛林，爬上潮湿的大树，摇晃着尾巴，独自闲逛。

红鹤的袜子

[乌拉圭] 基罗加 著　孟复 译

有一回蝮蛇举行一个盛大的舞会，邀请了青蛙、癞蛤蟆、红鹤、鳄鱼和鱼。鱼不会走路，所以也不会跳舞。幸亏这个舞会是在河边举行的，鱼们就靠近水滩，露出半个身子，用尾巴拍着。

鳄鱼们为了打扮得更漂亮，在脖子上挂了一串香蕉，并且吸着巴拉圭的雪茄烟。癞蛤蟆们浑身贴上鱼鳞，摇摇摆摆地走着，好像在游泳。每逢他们一本正经地走过河边时，鱼们就向他们大声叫喊，开着玩笑。

青蛙们浑身洒了香水，用两只脚走着，而且每只脚上像灯笼一样挂上一只摆动着的萤火虫。

可是打扮得最漂亮的还是蝮蛇。他们每个穿上和身体同一颜色的舞装，穿上薄纱裙，没有一个例外。红蛇穿上红的；绿蛇穿上绿的；黄蛇穿上黄的；花蛇穿上灰底带土红色条纹的，因为花蛇的颜色就是这样的。

最美丽的要算是珊瑚花蛇，她穿上一条红、白、黑三色的薄纱长裙，像狂欢节人们互相抛掷的纸圈般跳着舞。当蝮蛇们舞蹈着，用尾巴尖来旋转身体的时候，所有的宾客都热烈鼓掌。

那时候，红鹤的腿是白颜色的，至于他们那个肥大而弯曲的鼻子现在和从前一样。这些宾客里面只有红鹤郁郁不乐，因为他们都长得呆头呆脑，不知道怎样来打扮自己。他们对所有人的服装都很羡慕，尤其是对珊瑚花蛇的服装。每当蝮蛇们摇曳着轻纱在他们面前含笑走过的时候，他们都妒忌得要死。

有一只红鹤就说：

"我知道咱们该怎么办。咱们去穿上一双红、白、黑三色的长裤子，这样珊瑚花蛇就会爱上我们了。"

于是他们一齐飞起，飞过了河，去敲镇上一家铺子的门。

嘭！嘭！他们用脚敲着门。

"谁啊？"掌柜的问。

"我们是红鹤。你们有红、白、黑三色的长裤子吗？"

"没有。"掌柜的回答，"你们疯了吗？哪儿也找不着这样的裤子。"

于是红鹤又跑到另一家铺子。

嘭！嘭！"你们有红、白、黑三色的长袜吗？"

掌柜的回答说：

"什么？红、白、黑？哪儿也没有这样的裤子。你们准是疯了。你们是谁啊？"

"我们是红鹤。"他们回答说。

"那你们一定是疯红鹤。"

于是他们又到另一家铺子。

嘭！嘭！"你们有红、白、黑三色的长袜吗？"

"什么颜色？红、白、黑？只有像你们这样的大鼻子鸟才会想起买这样的袜子。快滚开吧！"

掌柜的用扫帚把他们赶了出去。

红鹤们跑遍了所有的铺子，到处都把他们当疯子赶走。

有一只到河边去喝水的犰狳，想开开红鹤们的玩笑，先向他们问候一番，说：

"红鹤先生们，晚安！我知道你们要找什么。那样的袜子在这儿是买不到的。在布宜诺斯艾利斯可能有，可是得邮购才行。我的表姊猫头鹰倒有那样的袜子，去向她要吧，她会给你们红、白、黑三色的袜子。"

红鹤们向他道了谢，立刻飞到猫头鹰的洞穴，向她说：

"猫头鹰，晚安！我们来向你要红、白、黑三色的袜子。今天是蝮蛇举行跳舞大会的日子，如果我们穿上这样的袜子，珊瑚花蛇就会爱上我们了。"

"好极了！"猫头鹰答道，"请等一等，我立刻回来。"

说完，猫头鹰就飞走了，让红鹤们在那里等着。一会儿猫头鹰就把袜子取来了，可是这并不是什么袜子，而是珊瑚花蛇的皮，刚从猫头鹰猎获的蛇身上剥下来的，异常美丽。

"袜子拿来了。"猫头鹰对他们说，"别的不用担心，可是有一件事你们得注意：整个晚上你们必须一分钟也不停地跳着舞，用两肋、用喙或用头来跳，怎么样都行，可是一分钟也不要停止；如果不这样做，恐怕舞就跳不成，而要大哭一场了。"

可是这些愚笨的红鹤不很了解这件事对他们究竟有多大的危险，高兴得了不得，把腿伸进像管子似的蛇皮，把珊瑚花蛇的皮当袜子穿上，心满意足地飞回去了。

大家看到红鹤们穿上美丽夺目的袜子，都十分羡慕。蝮蛇们只愿意和他们跳舞，由于红鹤们的两脚一分钟也没停止移动，蝮蛇们无法看清楚这些美丽的袜子究竟是用什么做的。

可是慢慢地蝮蛇们开始有些怀疑。当红鹤们跳到她们跟前时，她们就弯身到地上去看个明白。

特别是珊瑚花蛇感到很不安，两只眼睛一直盯着袜子，同时也弯下身去，想用舌头舐舐红鹤们的腿，因为蛇的舌头就和人的手一样。红鹤虽然已经累得要命，无法再跳，可还是拼着命不停地跳着。

珊瑚花蛇已经看出事情不妙，立刻向青蛙们借小灯笼——也就是萤火虫——来用用。她们等着红鹤们跳到筋疲力尽，倒在地上。

果然，一分钟以后，有一只红鹤实在跳不动了，一不小心，撞上了一条鳄鱼的雪茄烟，摇晃一下，就侧身倒在地上了。珊瑚花蛇立刻带着小灯笼拥上前去，照着红鹤们的脚。她们终于看清了这些袜子究竟是什么东西，立刻就发出一种嘶声，连巴拉那河对岸都听得见。

"不是袜子！"蝮蛇们喊起来，"我们知道是什么了！他们骗了我们！红鹤们杀害了我们的姊妹，还把她们的皮当袜子穿！他们穿的袜子是珊瑚花蛇的皮！"

红鹤们一听，心里害怕起来，因为现在已经真相毕露了。想飞走，可是累得连一只翅膀也抬不起来。这时候珊瑚花蛇就向他们扑过去，盘绕在他们的腿上，用牙来扯他们的袜子。这些怒气冲天的珊瑚花蛇把他们的袜子扯了个稀碎，同时还咬着他们的脚，想把他们活活地咬死。

红鹤痛得要命，从这一边跳到那一边，可是怎么也甩不掉盘在他们腿上的珊瑚花蛇。蛇们看到袜子已经扯光，同时自己也很累了，这才放了他们，起来整理整理薄纱裙。

珊瑚花蛇以为红鹤们一定会死，因为咬他们的珊瑚花蛇中间至少有一半是毒蛇。

可是红鹤并没有死，他们只觉得痛得钻心，立刻跳到水里。他们痛得直叫，本来白色的脚，由于中了蛇毒，变成了红色。一天又一天过去了，可是他们的脚还觉得像火烧似的痛，颜色也老是血红的，因为已经中了毒。

这件事已经过去很久了，可是直到现在，红鹤们为了减轻脚上那热辣辣的痛楚，还是整天把两只红脚泡在

水里。

　　有时候他们离开河岸，到陆地上来散散步，看看是不是好了一些。可是中毒的地方立刻就痛起来，不得不马上又跳到水里。有时候痛得很厉害，他们只好缩起一条腿，好几小时用一条腿站着，因为那一条腿无法伸直。

　　这是红鹤的故事，他们过去的脚是白色的，而现在变成了红色。所有的鱼都知道这件事的始末，常常要开他们的玩笑。可是红鹤们一方面把脚泡右水里来减轻痛楚，另一方面也不错过报复的机会，如果那些小鱼胆敢走近他们身边，开他们的玩笑，他们就把这些小鱼吃个一干二净。

玫瑰花为什么带刺

〔智利〕米斯特拉尔 著　江山 译

和其他许多花草一样，由于数量繁多、到处可见，起初玫瑰花也是属于平凡粗俗之列的。

谁也不会相信，今日华丽高贵得如同公主一般的玫瑰花，昔日是用以点缀大道小径的。然而，这却是千真万确的事。

上帝曾经扮作香客下凡，冒着酷暑在人间整整巡视了一天。他回到天堂的时候说：

"可怜的人间道路太糟糕了！太阳把道路晒得直发烫，我看到路上的行人热得晕头转向，牲畜也无精打采，耷拉着脑袋。它们可怜巴巴地发着牢骚，而人类则在大声诅咒。这些道路两旁还尽是些破烂不堪的土围墙，越发显得难看了！

"但是，这些道路是神圣的，因为它们把相距遥远的村镇联结起来，让人在它们上面行走。做生意的人为了生活满怀希望，步伐坚定；游山玩水的人则心旷神怡，悠哉游哉。

"我们要是在路边造些凉爽的帐篷和赏心悦目的东西该多好，它们既能遮阴，又能消愁解闷。"

于是，上帝便造出了轻舒枝条向人祝福的垂柳，高耸入云撒下大片绿荫的杨树，还有那攀缠土围墙给它披上华丽服饰的玫瑰。

那时候的玫瑰可真多，满山遍野，到处都是。后来，又经过不断的种植繁衍，玫瑰多得简直无处不在。

商人和游客看到杨树像圣女一般列队致意，坐在垂柳的绿荫下，掸着鞋子的尘土，都开心地笑了。

他们看到土墙上披满绿色的挂毯，点缀着一簇簇红的、白的和黄的花团，更是心潮起伏，激动不已。牲畜们也快活得引吭嘶鸣。对这从天而降的奇迹，路上飘起神秘的歌声，打破了乡村的宁静。

但是，这一次还是和往常一样，人类又没有珍惜上帝为他们创造的东西。

杨树因为身材高大而得以自卫，垂柳由于枝条柔弱缺乏魅力而幸免于难；而玫瑰却是那样千娇百媚、芬芳沁人，像山上的姑娘那样手无寸铁、软弱可欺。

不到一个月，路旁的玫瑰便被摧残得缺枝少叶、蕊落花谢。

玫瑰花像女人一般，对自己的痛苦遭遇喋喋不休地哭诉。她们到上帝面前去诉苦，情绪激愤，声音颤抖，脸儿红得赛过美人儿：

"上帝，人太没有良心，不值得你可怜。当初你缔造我们的时候，一个个完美无缺、美丽绝伦。如今才过去短短一月，我们便被他们糟蹋得残缺不全、惨不忍睹。

"我们尽了最大的努力想讨人们高兴：我们把花冠全部打开，好放出芳香；我们为了保持鲜嫩，挤尽了花茎里的汁液。我们是用自己的生命换取美貌供人观赏。

"过来一个牧人，我们都弯下腰去看跟在他后面的雪白的羊群。这个无赖说：'这些玫瑰红得简直像胭脂，而且还像故事里的女王那样弯腰向人致意。'说着就一把揪下我们的一对孪生姐妹。

"他的后面又来了一位农夫，惊奇地睁大眼睛叫起来：'真是奇迹！围墙都穿上了花花绿绿的衣裳，分明是一个老娇娘！我摘一朵捎给阿纽佳大嫂和她的千金。'然后，农夫一把扯下六朵花，还连着一根整枝。

"又过来一位老游客。他吃惊地左顾右盼，眼里都放出光来，喊道：'伟大的万能的上帝啊，造出了这样的尤物！'说完他就带走了我们最漂亮的一位姐妹。

"接着又来了一个淘气包。'多好看多舒服啊，路上都长出花来！'他一下就采了一大把，唱着歌儿往小路去了。

"上帝啊，这种日子叫我们还怎么过下去啊。用不了几天，土墙又要和从前一样光秃秃的，我们都要香消玉殒。"

"那你们要怎么样呢？"上帝问。

"我们要保护！人用篱笆尖刺把菜园围起来加以保护，你也可以把类似的东西安到我们身上。"

仁慈的上帝苦笑了一下，他的本意是想把美丽的东西造得友善一些。他说：

"没办法！看来我不得不这样做了。人啊，逼着我往我的作品上加进敌意，变得会伤人。"

玫瑰的表皮先是鼓起了一个又一个包，这些包渐渐又尖尖地突起来，最后便成了刺。

永远不公道的人类后来却说，上帝把他创造的东西都变得不友善了。

174

牵手阅读

世界真奇妙，谁都想知道其中的奥秘。如犀牛的皮是怎样长成的？豹子身上的斑点是怎么长出来的？袋鼠的后腿是怎么变长的？玫瑰花为什么带刺？于是我们就有了《十万个为什么》。但这只是自然科学家的解释，作家们却不愿意这样生硬地解释自然现象，他们以其超凡的想象力和诙谐的表现力，为读者创造了一个与众不同的童话世界：鲸竟然是黑豆变的；猫之所以能独来独往，对主人若即若离，从不像狗那样对人忠诚，原来是因为它和女主人早就有契约在先，这份权利是自己争取过来的……作者这些匠心独运的解释，给人以耳目一新的享受。

在小朋友的地球，
人和动物是朋友。
鲨鱼背着孩子游泳，
孩子也不欺侮小狗。
长颈鹿给教室擦玻璃，
熊猫跌跤，我给揉一揉。
在和和美美的地球，
子弹成了鞭炮，
猎枪统统生锈。
——〔日本〕阿雄《做动物的朋友》

我们的动物朋友

给鸭子让路

[美国] 罗伯特·麦克洛斯基 著　柯倩华 译

马洛德夫妇是一对野鸭子，他们正在寻找一个可以安家的地方。

每次当马洛德先生看中一个地方时，他的太太总是不满意，不是这儿有狐狸啦，就是那儿有乌龟。于是，他们就一直飞呀飞，最后他们飞到了波士顿。

波士顿有一个公园，那里有一个很好的水塘，水塘中间还有一个小小的岛。"这地方过夜挺不错的。"马洛德太太说。于是，他们就飞了下来。

第二天早上，他们在水塘里用早餐。可是水塘里的食物并不多，就在他们准备起飞到别的地方去时，一只巨大的天鹅船驶了过来，上面坐满了游客。有些人看到这一对野鸭子，就扔了一些花生给他们吃。于是，野鸭夫妇就一路跟随着游船，一路吃着花生。这一顿早餐比刚才的要丰盛多了。

"我喜欢这地方。"马洛德太太摇摇摆摆地爬上了岸。"为什么我们不在这儿建起我们的家呢？这儿既没有狐狸

我们的动物朋友

也没有乌龟，而且还有花生吃。"

"太好了。"马洛德先生真高兴太太终于找到了一个满意的地方。可是，天啊！岸上怎么会有那么多带轮子的东西呀？在这儿他们怎么生小宝宝呢？

不过没关系，他们在离公园不远的查尔斯河那边发现了一个好地方，于是选择了靠近水边的灌木丛筑好了舒适的窝，准备下蛋。也就在这时，他们开始脱毛，翅膀上旧的羽毛慢慢掉落光了，一直要到新的羽毛长出来，他们才能再次飞上天。

当然，他们游泳是没有问题的。一天，他们又游到了公园里。在河岸上，他们碰到了一个叫迈克的警察，迈克喂他们花生。从这一天起，马洛德夫妇就天天去拜访迈克。

在马洛德太太生了八个蛋后，她就不能再去拜访迈克了，因为她要使蛋保持温度。只有在喝水、数蛋的时候，马洛德太太才稍稍离开一下她的蛋宝宝们。

终于，八只可爱的小鸭子出来了。马洛德夫妇心里

别提有多自豪了。抚养八个孩子是一件责任重大的事，每一天，他们都从早到晚地忙碌着。

有一天，马洛德先生决定去查看一下他们居住的河流下游的情况。临走前，他嘎嘎地说："照顾好孩子们，一个星期后我们在中心小岛上碰头。"

"放心吧，我知道怎样带孩子。"马洛德太太教小鸭子们游泳、潜水，教他们怎样排成一队走路，教他们如何躲避自行车、摩托车等一切带轮子的东西。

孩子们学得很快，她非常满意。一天早上，她说："来，孩子们，跟着我。"话音刚落，小鸭子们就排好了整齐的队伍。马洛德太太领着小鸭子们走进了水里，朝着对岸游去。

他们摇摇摆摆地上了岸，摇摇摆摆地走向马路。马

洛德太太迈开鸭步，准备横穿马路。"嘟嘟，嘟嘟——"汽车的喇叭响起来；"嘎嘎，嘎嘎！"鸭太太毫不示弱；"嘎嘎，嘎嘎！"所有的小鸭子也跟着叫起来。

汽车不停地叫"嘟嘟，嘟嘟"，鸭子不停地叫"嘎嘎，嘎嘎"，好不热闹！

迈克跑过来了，他用标准的交通警察的手势把汽车挡住了，然后示意鸭子一家先过马路。等鸭子们安全到达马路对面后，迈克赶紧跑到岗亭呼叫总部："总部，总部，有一家鸭子正沿着马路过来。"

"一家什么？"

"鸭子！"迈克喊道，"快，快派一辆警车来！"说话间，鸭子们已经走过了拐角书店，来到了查尔斯大街。"嘎嘎，嘎嘎！"小鸭子们排着队紧紧跟随着他们的妈妈。

所有的人都盯着他们。"太令人震惊了！""太棒了！"听到这些赞扬声，马洛德太太自豪地把鼻子翘得高高的，还优雅地扑扇了几下翅膀。

当他们走到贝肯大街的时候，总部派来的警车和四个警察正等着他们呢。警察们替鸭子一家挡住了滚滚车流，护送他们到达了公园。走进公园大门，鸭子们转身和警察告别。

马洛德先生正在水塘的中央小岛等着他们呢！一家人太喜欢这个地方了，他们决定长期定居下来。

带电话号码的猫

[美国] 弗雷德·斯帕克斯 著　文嘉 译

我的电话老响，但绝大多数不是找我的，而是为了我的猫！打电话的人并不是要同我的猫交谈，只是谈关于它的事。

你明白，我的猫真的到处都去！

我是三年前遇到它的。在一个寒冷的冬夜，我正向家里走去。当我走过一排房子时，发现在一家的门廊上有一团橙色的东西。接着，我便听到一声微弱的叫声。我走近些，原来是一只小猫。

它坐在雪里，我看它时，那团橙色的毛茸茸的东西试图站起来。但它摇晃了一下——跌下一级台阶。

"你需要温暖，"我说，"我的外衣很宽大，足够我俩用了。"我捡起那发抖的小猫。"我是在门廊上发现你的，"我继续说，"就让'门廊'作为你的名字吧。"我立刻听到它轻柔的呼噜声。

在家里，门廊舔食了一些牛奶。它暖和过来了，并且很高兴。一星期之后，它已经能在套房里到处跑了。

不过，门廊不想让自己仅仅成为一只套房里的猫。春天里，它跑到了城里的街上。怎么出去的呢？顺着我房间窗外的一棵树爬下去的。

我要想法子让门廊一定能回家来，便买了一个带标签的小项圈。标签上写着："我有家。如果我看上去是迷了路，请打电话给弗雷德·斯帕克斯，电话号码是XY9—8809。"

在这之后，我的电话铃就开始响了。有一个电话是一个多年未见的男人打来的。

"喂，"他说，"我看你回到本市来了。有一天，我停下来，抚摩一只小猫，它的脖子上有你的电话号码！你曾欠我20美元，你知道的，已经很长时间了，请把钱还给我吧！"

这可不是门廊唯一一次让我花钱。

一个打电话的人生气地冲我喊："我开了一个饭馆，很多猫偷偷摸摸地进来，它们在厨房里偷食物吃。"

我说："哎呀，天哪！"

"是啊，"他继续说，"昨天晚上，它们偷了我新鲜的龙虾。我只抓到一只带电话号码的猫——你的猫在我的饭馆里吃晚饭了，你得付它的饭钱！"

"好的，"我说。我真希望这只不过是个玩笑，但当我从电话机旁走开时，却踩在一只龙虾爪子上。

还有一次，打电话的是一位出租汽车司机。

"我以为我什么事情都见过，"他说，"可现在，我竟发现一只猫在我的车后座上，一只带着电话号码的猫！它要到哪儿去呢？"

我告诉他我的地址。我问："要我付多少钱呢?"

"大约2.50美元,"他说,"不过,别忘记小费——还有10美分电话费。"

真的,门廊到处都去。现在,我却高兴它这么干了。

一天晚上,挺晚了,电话铃又响了。一个女人的声音向我喊叫:"快来带走你的猫,它把我的房间搞得一团糟。"

我试图让她安静下来。"我马上就去。"我说,"不过,它干了什么呢?"

"它正在追我的猫!"

她告诉我,她叫海伦·伯恩斯,并告诉我她的地址,她就住在我旁边的街上。

我去取回门廊。"我很抱歉!"我说。此时,门廊已爬在我的臂上了。

海伦不想听我说话,当着我俩的面关上了门。

两个晚上后,门廊故技重演。不过,这一次我带给海伦一盒糖果,并给她的猫带去一个玩具耗子。海伦对我的做法很喜欢,她微笑着收下了礼物,我们一起到外边去吃的晚饭。

现在,电话铃响时,我想:"可能是找我的!"为什么我这么想呢?因为海伦有时打电话给我。而且,当她打电话时,她不再是谈我的猫,而是我们俩的事。

獾 鼻

[俄罗斯] 康·巴乌斯托夫斯基 著

　　湖边水面上黄叶漂积，一大片一大片的，多得无法垂钓。钓线落在叶子上，沉不下去。

　　我们只好上了老朽的独木舟，划到湖中心去。那儿的睡莲已将凋谢，蔚蓝色的湖水看上去像焦油一样，黑亮黑亮的。

　　我们从那儿钓来一些河鲈鱼。它们被放在草地上，不时地抽动，闪闪发光，好像童话中的日本公鸡。我们钓到的还有银白色的鲤鱼，眼睛像两个小月亮的梅花鲈鱼以及狗鱼。狗鱼向我们露出两排细如钢针的利牙，碰得咯咯作响。

　　时值秋天，阳光明媚，也常起雾。穿过光秃秃的林木，可以望见远处的浮云和蔚蓝的蓝天。到了夜间，我们四周的树丛中，星星低垂，摇曳不定。

　　我们在歇脚的地方生了一堆篝火。这篝火是成天烧着的，而且通宵不灭，为的是赶狼——远处湖岸上有狼在轻轻哀号。篝火的烟味和人的欢叫，使它们不得安宁。

我们相信，火光能吓走野兽。但是有一天晚上，篝火旁边的草地里，竟有一只什么野兽怒冲冲地发出嗤鼻声。它不露身子，焦躁地在我们周围跑来跑去，碰得蒿草簌簌地响，鼻子里还嗤嗤作响，气咻咻的，只是连耳朵也不肯露出草丛。

　　平锅上正煎着土豆，一股浓香弥漫开来，那野兽显然是冲着这香味来的。

　　有一个小孩子同我们做伴。他只有九岁，毫不在乎秋天林中夜宿时的寒冷。他的眼睛比我们大人尖得多，一发现什么就告诉我们。

　　他是个善于虚构的人，但我们大人都极喜爱他的种种虚构。我们绝不能，而且也不愿意捅穿，说他是一派胡言。他每天都能想出些新花样：

　　一会儿说他听见了鱼儿喁（yú）喁私语，一会儿又说看见了蚂蚁拿松树皮和蜘蛛网做成摆渡船，用来过小溪。

　　我们都假装相信他的话。

　　我们四周的一切都显得很不平常：无论是那一轮姗姗来迟、悬挂在黑油油湖面上的清辉朗朗的月亮，还是那一团团高浮在空中、宛若粉红色雪山的云彩，甚至那已经习以为常、像海涛声似的参天松树的喧嚣。

　　孩子最先听见了野兽的嗤鼻声，就"嘘、嘘"地警告我们不要作声，我们都静了下来，连大气也不敢出，尽管一只手已不由自主地伸出去拿双筒猎枪——谁能知道那是一只什么野兽啊！

　　半个钟头以后，野兽从草丛中伸出湿漉漉、黑黢黢的鼻子，模样像猪嘴。那鼻子把空气闻了老半天，馋得

我们的动物朋友

不住地颤动。接着尖形的嘴脸从草丛中露了出来，那脸上一双黑溜溜的眼睛，好不锐利。最后斑纹的毛皮也现了出来。

那是一只小獾。它蜷起一只爪子，定神把我们望了望，然后厌恶地嗤一下鼻子，朝土豆跨前一步。

土豆正在煎，咝咝作响，滚油四溅。我正要大喝一声，不让獾子烫伤，然而已晚了，那獾子已纵身一跳，到了平锅跟前，把鼻子伸了进去……

一股毛皮烧焦的气味传了过来，獾子尖叫一声，号叫着逃回草丛去。它边跑边叫，声音响彻整片树林，一路上碰折好多灌木，因为又气又痛，嘴里还不时吐着唾沫。

湖里和树林里一片慌乱。青蛙吓得不合时宜地叫起来，鸟儿也骚动起来，还有一条足有一普特（普特是重量单位，1普特约16.38千克）重的狗鱼在紧靠湖岸的水里大吼一声，有如开炮。

次日早晨，孩子叫醒我，说他刚刚看见獾子在医治烫伤了的鼻子。我不相信。

我坐在篝火边，似醒未醒地听着百鸟清晨的鸣声。远处白尾鹞一阵阵啁啾，野鸭嘎嘎呼叫，仙鹤在长满苔藓的干沼泽上长唳，鱼儿泼刺泼刺地击水，斑鸠咕咕个没完。我不想走动。

孩子拉起我的一只手，他感到委屈，他要向我证实他没有撒谎。他叫我去看看獾子如何治伤。

我勉强同意了。我们小心翼翼地在密林中穿行，只见树下草丛之中，有一个腐朽的松树桩。树桩散发出蘑菇和碘的气味。

　　在树桩跟前，那獾子背朝我们站着。它在树桩中心抠出个窟窿，把烫伤的鼻子埋进那潮湿冰凉的烂木屑中。

　　它一动不动地站着，好让倒霉的鼻子凉快一些。另有一只更小的獾子在周围跑来跑去，嗤鼻作声。它焦急起来，拿鼻子拱拱那烫伤的獾子的肚皮。烫伤的獾子向它吼了两声，还拿毛茸茸的后爪踢它。

　　后来，烫伤的獾子坐下，哭了起来。它圆圆的眼睛里含着泪，直盯盯地看着我们，一阵阵呻吟，一边用粗糙的舌头舔受伤的鼻子。它仿佛恳求我们救它，然而我们一筹莫展，爱莫能助。

　　一年以后，我又在这个湖的岸上，遇到鼻子留下伤疤的獾子，它坐在湖边，举起一只爪子，尽力想捉住振翅飞翔、发出薄铁皮一样声音的蜻蜓。

　　我朝它挥挥手，但它气哼哼地对我嗤了一下鼻子，藏到越橘丛中去了。

　　从此我再没有见到它。

188

麻雀拉代

[加拿大] 汤普森·西顿 著　戴天鸣 译

　　在纽约我家的庭院里，竖着一根很高的柱子。柱子上面安放着一个鸟箱。

　　一天，有一只小麻雀开始在里面絮窝了。这是一只雄麻雀。美国的麻雀，由于雌与雄的颜色不同，所以一眼就可以分辨出来。雄雀的翅膀颜色浅，胸前有斑点；而雌雀的翅膀颜色深，胸前不带斑点。

　　"怎么只有一只雄麻雀在那里絮窝呢？真新鲜！"我感到非常奇怪，因为通常麻雀絮窝总是雄雀和雌雀一起干的。再仔细看时，它絮窝的材料也和一般麻雀不同，一般的麻雀是用枯草叶或稻草来絮窝的，可是这只麻雀叼来的却全都是枯树枝。

　　一周的工夫，鸟箱里密密麻麻地填满了小树枝。窝絮好了，雄雀抖了抖它翅膀上的灰尘，好像在说："咳，这回该轻松轻松了。"于是它欢快地高声唱起歌来。一提起麻雀叫，大家一定会以为那"叽叽喳喳"的声音难听！可是，我们这只雄雀叫得美极了，简直就像金丝雀一样，婉转动听，令人心旷神怡，一点也听不出是麻雀在叫。

不久，我便了解到这只麻雀的来历。它原来是一家理发店里饲养的麻雀。

"没错！那只麻雀就是我家的拉代！"理发店老板滔滔不绝地对我说，"我原先养了一只金丝雀，有一天我试着往它的窝里放了一个麻雀蛋。可是金丝雀认不出是麻雀蛋，一个劲儿地温暖着它，没多久，孵出一只小麻雀来！这只小麻雀在它的金丝雀妈妈、爸爸的抚育下，渐渐长大了。

"它是在金丝雀的歌唱中成长起来的。所以它很快就学会了这金丝雀美丽动听的叫声，而且叫得和金丝雀一模一样，好听极了！大家都叫它拉代，理发店的顾客也都很喜欢它。

"可是，有一回挂着鸟笼的架子碰倒了，笼子掉在地上，鸟笼门被摔开，拉代便飞跑了，不知飞到什么地方去了。"

拉代从此就成了无人喂养的野麻雀了。

拉代从小是在金丝雀的窝里长大的，而金丝雀的窝都是用树枝搭成的，所以在拉代看来，所谓絮窝，全都得用树枝！

我也就明白了它为什么整天往鸟箱里衔树枝，而不是稻草的原因了！

过了五六天，拉代领回来一只雌麻雀，看样子好像是它的新娘喽。

我给这位新娘起个名字叫陪代。

拉代像金丝雀一样高兴地叫着。陪代很爱它。拉代飞在前面带路，好像在说："亲爱的，请你看看我安的家吧！"陪代尾随在它后面进了鸟箱里，但是马上又出来了，嘴里还叼着一根小树枝，而且它把这小树枝狠狠地扔到地下。那意思好像在说："这么硬的树枝怎么能絮窝呢！还不赶快都扔出去！"看！这新娘该有多厉害呀！拉代似乎理解了她的意思，无可奈何地又把自己辛辛苦苦运来的小树枝一根一根地扔出去了。接着，这对麻雀又谈了半天，好不容易才统一了意见。于是陪代不知到哪里找来了许多干草，拉代也无精打采地叼来一根稻草。就这样，总算建起了像样的舒适的家……

我的蜥蜴朋友

王世跃 编译

我发现了一枚蜥蜴蛋，小小的，圆圆的，是白色的。我把它带回家来，用手握着在吊床上睡午觉。

我醒了，感到手有些痒痒，好像有什么东西在我的手心里蠕动。我摊开手掌，只见那个蛋的壳裂开了，一条光溜溜的小蜥蜴在盯着我。

过了一会儿，它爬到我的胳膊上，它的脚使我感到稍微有一点痒痒。它抬头看我，直盯着我的眼睛。它爬过我的袖子，爬到我的肩膀上，然后又爬过了我的脖子，贴在了我的下巴上。

我问爸爸："我可以留着它吗？"

爸爸说："你没法不要它了，它以为你是它的妈妈呢。"

"它的妈妈？可我是男孩！"

爸爸笑了："只要它以为你是它的妈妈，它就会和你在一起。"

好吧，那就让我做它的妈妈吧！不过，得先给它起个名字，对，就叫它伊泽德！

伊泽德不是那种能在黑暗里看见东西的蜥蜴，它白天出来活动，到了晚上，就在我的衬衫里躲起来。我睡觉的时候，就把它放在睡衣衣袋里。

没人说我不能带伊泽德去上学，于是我把它带到了学校。但是，我很快就后悔了。它有时趴在我的头顶上扑苍蝇；有时又趴在我的课桌上，不管是哪一路昆虫经过，它都咬。教室里的同学们都无法集中注意力听老师讲课了，他们只看着伊泽德笑。

老师说："杰米，你得弄走那条蜥蜴。"

"我不能，我是它妈妈呀！"

看来真不该说那句话，大家都叫喊起来，老师显得很生气。

从那以后，我上学时只好把伊泽德留在家里了。每天，只要我一回家，它就跑来迎接我。

不久，我患了流行性感冒，不得不躺在床上。伊泽德跟我一起待着。夜间太热，伊泽德就不在我的睡衣口袋里睡了，它钻到床边的一道缝隙里。妈妈把我挪到了院子另一侧凉快的房间里。伊泽德睡着了，不知道我去了哪里；而我病得太厉害了，也不知道伊泽德不在我身边。

伊泽德把我好找呀！我后来才知道，它花了整整两天时间才找到我。那时我已经退烧了，正倚着枕头休息，突然，伊泽德的鼻子从床脚露了出来，接着是眼睛，最后是身子，它像疯了似的一直爬到我的胳膊上。我们真像是久别重逢的朋友。对我来说，伊泽德不仅仅是一条蜥蜴。

有一天，我放学回家，屋里哪儿都找不到伊泽德。我出了后门一看，它在那儿呢，四只脚扒着一棵棕榈树。就在这时，我看见一只猫鼬（yòu），埋伏在附近的一片大叶子下边。

我大叫："当心，伊泽德！"

它听不懂，朝我爬过来了。

猫鼬猛地一扑，像闪电一样。伊泽德更快，它吓坏了，竟笔直地蹿起来，落在了猫鼬的头顶上。不等猫鼬明白过来，它又跳开了。啪嗒，啪嗒，啪嗒……就在我将猫鼬赶跑的同时，伊泽德也来到了我身边。它顺着我的腿爬上来，躲在衬衫里，整整一个小时没再出来。

那件事发生后不久，伊泽德终于明白它是一条蜥蜴，而不是一个人。

一天，一条大蜥蜴为抓一只虫子而靠近了我，伊泽德大怒，奋力向大蜥蜴扑去……突然，它盯着大蜥蜴，然后又盯着我。大蜥蜴走的时候，它跟了一小段路，然后又跳回来看看我。我伸手想接住它时，它往后一跳，爬走了。

伊泽德不再和我在一起了。它跟其他的蜥蜴在一起，在秘密的角落里跟它们一起睡了。我感到自己受到了伤害。

"它现在是一条成年的蜥蜴了。"爸爸解释道。

我呻吟着："唉，可我怎么办呢？"

爸爸说："如果它不要你了，你就得忘了它。"

夏天又到了，我们像往年一样去纽约看外祖母。秋天来的时候，我们回来了。我刚一走进屋子，啪嗒，伊泽德跳到了我腿上，它盯着我的眼睛看，先用一只眼睛，然后用另一只眼睛，扭动着身子，跟过去一样。

爸爸说："我看它是想你了，决定原谅你不是一条蜥蜴了。"

好啦，伊泽德原谅我了。它虽然跟别的蜥蜴生活去了，但它会常来看我的。不管怎么说，伊泽德仍然是我十分要好的朋友。

牵手阅读

　　做动物的朋友，对万物之灵的人类来说是一个新的理念。长期以来，人是以主人的身份来对待身边的动物的，我们可以驯化马、牛、羊、猪、狗、兔等作为家畜，鸡、鸭、鹅等作为家禽，对没能驯化的动物，我们也可以任意地猎杀。但是当社会进步到生态文明时，我们这时才猛然发现，人和其他生物一样，只是大自然的一个子民。目前，生态失衡的地球已濒临危险的边缘，大自然对人类的无知自大、胡作非为已提出了严重的警告，人们要想在这个脆弱的地球上持续发展，就要重拾天人合一的古老智慧，善待和尊重其他物种，而且要发自内心地爱护和珍惜它们。其实，爱是一种可以无限延伸的情感，它不仅仅局限于人与人之间的亲情、友情、爱情等范畴，它还应该扩展到对这个世界的一切生命的珍视与同情。

启　事

　　在本书的编选过程中，我们得到了许多师友的热情帮助和支持。但由于本书所选入的作者和译者人数较多，故仍有部分文章版权所有人没能联系上。出书在即，敬请海涵！更盼望您能主动和我们联系，以便奉上样书和稿酬。联系电话：0531–86131703。